「さあ、今ここに氷の魔女の復活だ」

ふっと笑ったアタルは弾丸を放つ。

驚き戸惑うフランフィリアに撃ち込まれたのは当然、強治癒弾。

「つ——えっ、えええええっ、こ、これは!?」

《第八話『氷の魔女』の復活》

魔眼と弾丸を使って異世界をぶち抜く! 9

「あ、あの、変じゃないですか？」

《第一話 海底神殿に向けて》

キャロがアクアマリンドラゴンの額の宝石に、
獣力全開で斬りつける。
《第八話『氷の魔女』の復活》
「終わって下さいっ!」
キャロが額の宝石に獣力全開で斬りつける。

魔眼と弾丸を使って異世界をぶち抜く！

9

かたなかじ

イラスト：赤井てら

Author:Katanakaji

Illustration:Akai tera

口絵・本文イラスト　赤井てら

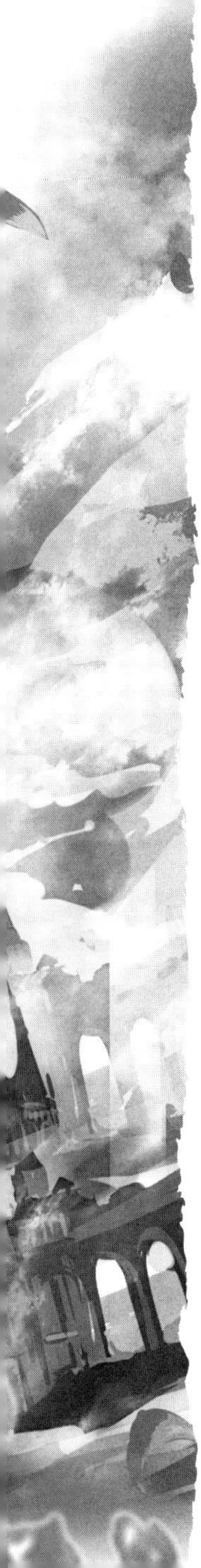

八巻のあらすじ

アタルたちは新たな力を得るため、青龍《せいりゅう》がいるという北の山についての情報を集めていた。

アタルは冒険者《ぼうけんしゃ》ギルドで、彼に憧《あこが》れた冒険者から情報を得ることになった。

北の山は常に雪に覆《おお》われており、その山にしかいない特殊《とくしゅ》な魔物《まもの》がいるという。

他《ほか》の冒険者からは、あの山に行って戻《もど》ってきた者はほとんどいないと聞かされる。

そんな風にアタルが情報を集めていると、キャロの叔父《おじ》である獣人王《じゅうじんおう》のレグルスが会いにやってきた。

彼《かれ》はキャロが秘《ひ》めているかもしれない『獣力』という特別な力の情報を伝えてきた。

キャロの父にも使えたその力。

それが使えれば彼女《かのじょ》の助けになるはずだと。

アタルは山の魔物について、キャロからは山には永久氷壁《ひょうへき》と言われる大きな壁《かべ》があるという情報をそれぞれ得て合流した。

アタルたちは翌日防寒具などの必要アイテムを揃《そろ》えてから、北の山へと出発する。

山の永久氷壁はアタルたちでも破壊《はかい》することができなかった。

しかし、そこで『氷の守り人』の一族であるミクレルが声をかけてきた。

当代の氷の守り人である祖父に会わせてくれるとのこと。

祖父は氷壁の向こうに何が封印《ふういん》されているか知っている人物を神のもとへ案内する役目を負っていると説明し、風と土の神がいる場所へと案内してくれた。

そこでは神による試練があり、それを乗《の》り越《こ》えたアタルたちは、青龍と戦う資格ありと判断され、永久氷壁へと再び向かう。

氷壁は火と水の神が自らの身体《からだ》を使って作り出したものであり、その封印が解かれた。

その奥《おく》で出会った青龍はこれまで出会った四神とは違《ちが》い、理性があることを知ったアタルは青龍と対話を始めた。

しかし、話をしているうちに青龍は邪神《じゃしん》の力によって心を支配され、アタルたちと戦闘《せんとう》することになる。

アタルたちがあと少しで青龍を倒《たお》せる、そう思った時、そこへ邪神側に属する神ダンザールが登場し、青龍に闇《やみ》の力を与《あた》えて更《さら》に狂化《きょうか》させた。

反対におされるアタルたちだったが、その戦いの中でキャロが『獣力』に目覚める。

バルキアスの白虎《びゃっこ》の力、キャロの獣力、更にはアタルとキャロの連係攻撃《れんけいこうげき》によってダンザールを撃退《げきたい》し、青龍の意識を奪《うば》うことに成功する。

青龍は救われたことに礼を言い、戦ったことでアタルたちの力を認め、キャロと契約《けいやく》し、目覚めたばかりの獣力を使いやすくなるよう助力してくれることとなった。

キャロの右手には青龍の紋章《もんしょう》が刻まれる。

街に戻ったアタルたちは、結果報告をレグルスたちに行い、今後も強力な敵が現れる可能性の示唆《しさ》、青龍のねぐらで手に入れた装備品の提供を申し出た。

バートラムにも冒険者のレベルアップを依頼《いらい》する。

青龍から朱雀《すざく》がいる場所を、レグルスからは更にキャロの両親の行方《ゆくえ》に関する情報をもらう。

その二つの情報の更に先を目指して、東の港町へと向かうこととなった。

港町には獣人街と呼ばれる場所があり、そこに行けばキャロの両親についての情報が手に入るかもしれないという希望を胸に。

そこでたまたま知り合ったエルフの女性セーラから、獣人街に入るには特別な伝手《つて》がないと難しいと聞く。

その伝手を得るために、アタルたちは雷獣《らいじゅう》という魔物の角を手に入れようと動いていく。

山で出会った雷獣は親子で、その命を見逃《みのが》す代わりに角を譲《ゆず》ってもらう。

ギルドに届けると、セーラは冒険者ギルドのギルドマスターであるという情報を知る。

そして、なぜ雷獣の角を取りにいかせたのか、理由を聞く。

最近海で異常が起きているため、海底神殿《しんでん》に向かい、そこで海の神から状況《じょうきょう》を聞いて来てほしいとのこと。

伝手を得る機会になればと依頼を受けようとするアタルたち。

そこへ思わぬ来訪者が現れた。

それは以前アタルたちと共に戦い、アタルたちに魔法《まほう》のレクチャーをしてくれた、ダークエルフのフランフィリアだった。

彼女は海底神殿への入場許可を得ているため、同行してくれるとのこと。

こうして、新たにフランフィリアを加えた一行は、海底神殿調査の依頼に向かうこととなった。

第一話　海底神殿に向けて

「それでは、まずは皆《みな》さんが持って来てくれた雷獣の角を使って、水中でも呼吸ができる薬の調合を行いましょう」

セーラは立ち上がると雷獣の角を持って部屋を出ていこうとする。

「なあ、他の素材はどうなっているんだ？」

以前説明を受けた時に、雷獣の角以外にも素材が列挙されていたことをアタルは覚えていた。

「確か、エラフィッシュというお魚のエラと、空気の実だったかと……」

キャロは更にそれを詳細《しょうさい》に覚えていたため、アタルの言葉を補足していく。

「お二人とも記憶力《きおくりょく》がいいみたいですね。キャロさんがおっしゃるとおりの素材で間違《まちが》いありません。そして、それらの素材は既《すで》に調合をお願いするお店に届けてあります！」

セーラは妖艶《ようえん》にほほ笑《え》むと心配いらないと太鼓判《たいこばん》を押《お》す。

アタルたちが雷獣の角を採ってこられるという確信を持てる前から動いており、いつでも調合が開始できるように手配していた。

「全くあなたという人は、行動が早いのはいいことだけど、もう少し色々と確認《かくにん》してから動きなさいって、いつもみんなに言われていたでしょう？」

ため息交じりに顔をしかめたフランフィリアは一緒《いっしょ》に冒険者として活動していた頃《ころ》のことを思い出しながら、セーラのことを窘《たしな》める。

長い付き合いの彼女だからこそ、セーラがなんの確信もなく動き始めていたことをわかっているようだった。

「もう、フランちゃんは失礼ね。私だって考えなしというわけではないのよ？　だって、アタルさんたちからはとても強い力を感じていたし、きっと雷獣くらいならあっさりと勝ってくるだろうなあって思ったの。なにより、フランちゃんお気に入りの冒険者さんなんだから絶対に大丈夫《だいじょうぶ》だって思っていたわ！」

最初は少し不機嫌《ふきげん》そうに頬《ほお》を膨《ふく》らませたセーラはそう言いながら、最後には笑顔《えがお》で胸元《むなもと》に手をやりながらどんと大きな胸を張っている。

「お気に入りって！　そ、そういうことを、本人がいる前で言わないで。恥《は》ずかしいじゃない……」

慌《あわ》てたように声を上げてそっぽを向き、褐色《かっしょく》の頬を赤く染めるフランフィリアは見た目よりも幼く、そしてギルドマスター然としていない姿は可愛《かわい》く見え、アタルもキャロもセーラも微笑《ほほえ》ましい目で彼女を見守っていた。

「ふふふっ、フランちゃん、やっぱりあなた……可愛いわ！」

満面の笑みのセーラはたまらないといった様子でフランフィリアに抱《だ》き着《つ》く。

一緒に旅をしていた頃からフランフィリアはこのように、時折可愛らしさを発揮してセーラから飛びつかれるように抱き着かれていた。

「ちょ、ちょっとセーラ！　み、みなさんがいるんだから止《や》めなさい！」

「ということは、いなければいいってことね！　アタルさん、ちょっと席を外してもらってもいいですか？」

フランフィリアの言葉を曲解したセーラは、鼻息荒《あら》く更に興奮を高めてアタルたちに部屋から出て行ってもらうようにお願いする。

「もう！　いい加減に、しなさあああああい！」

「きゃあああああ！」

フランフィリアを中心にして部屋の中の温度が一気に下がり、セーラは悲鳴とともに首から下を氷漬《づ》けにされてしまった。

「さすが、氷の魔女《まじょ》だな」

「ですね、さすが私たちの魔法のお師匠様《ししょう》ですっ」

吐《は》く息が白くなるのを感じながらアタルとキャロは二人のやりとりよりも、フランフィリアの魔法操作に感心していた。

セーラの足元から胸元あたりまでがピンポイントで氷漬けになっていたからだ。

バルキアスはというとキャロの足元で丸くなっており、イフリアは寒さに抵抗《ていこう》するために魔力《まりょく》を少し放出して室内の温度をあげていた。

「ふ、二人も止めて下さい！　もう、昔っからセーラはこうやってふざけるから困ります。とにかく、海底に向かうための薬を作ってもらいに行きましょう」

こういう雰囲気《ふんいき》は慣れていないのか顔を赤くしたフランフィリアはそう言うと、すたすたと部屋を出ていった。

アタルとキャロもそれに続こうとするが、背後から情けない声が聞こえてくる。

「ふ、ふえーん、助けて下さいよぅ」

「はあ、イフリア融《と》かしてやってくれ」

アタルがため息まじりに言うと、イフリアは軽く頷《うなず》いてセーラの近くへと移動した。

「あ、す、すみません。お手数をおかけしま……熱い！」

ぶわりと熱風を吐いたイフリアはとりあえず氷を融かすことを優先しており、細かい魔《ま》

力調整《りょく》まではしていない。

そのため、熱はセーラに伝わっており、融けきるまで熱にさらされることとなったが、フランフィリアへのいたずらの罰《ばつ》と考えれば仕方のないことだった。

アタルたちはひと足先にギルドを出て外で待っている。

するとしばらくして、イフリアとセーラが追いついてきた。

『キュー』

「はあはあ、ひ、酷《ひど》い目にあいました」

イフリアはあえて可愛い声を出してみるが、対してセーラは一気に老《ふ》けたかのような顔つきになって、かなりの疲労《ひろう》が現れている。

「ははっ、まあいい薬になったってことだ。それで、どこに行くんだ？」

軽く笑ったあと、アタルは話を切《き》り替《か》えて、薬の調合のために向かう場所について尋《たず》ねる。

「そうでした。えっと、ギルド御用達《ごようたし》、というほどでもないのですが……信頼《しんらい》できる職人が経営している錬金術《れんきんじゅつ》店に向かおうと思います。先ほども言いましたが、先に持っていったものは下処理しておいてもらっていて、あとはみなさんが持って来て下さった雷獣の角の加工と調合になります。それでは早速《さっそく》出発しましょうか」

最後の一つをアタルたちがとってきたことで、やっと薬を作ることができると、セーラはどこかホッとした表情になっていた。

「改めて考えると雷獣の角といえば、入手難易度はかなり高かったはずなんですが……確かにアタルさんとキャロさんなら雷獣でもなんとかなりますね」

フランフィリアもやはり二人のことを高く評価しており、雷獣の力を加味してもなんとかなるだろうと判断している。

そして、そう話すと同時に彼女の視線はバルキアスとイフリアへと向いていた。

「ん？　あぁ、そういえばフランフィリアはバルとイフリアに会うのは初めてだったか」

「そうですねっ。確か、バル君とイフリアさんが仲間になったのは、フランフィリアさんと別れたあとでしたっ！」

笑顔で頷いたキャロは時系列を思い出してアタルの言葉が正しいことを補足する。

「バルさんとイフリアさんですか？」

フランフィリアはアタルとキャロの言葉の中から、二人の名前を拾い上げて確認をする。

「あー、一人は愛称《あいしょう》なんだけどな。こっちが俺《おれ》と契約をしているイフリアだ」

『キュー』

アタルが紹介《しょうかい》すると、イフリアはその右肩《みぎかた》に留まって姿勢を正し、ひと鳴きする。

「ふふっ、私はフランフィリアと言います。ある街の冒険者ギルドマスターをしていて、アタルさんとキャロさんにはとてもお世話になりました。よろしくお願いしますね」

明らかに魔物であるというにもかかわらず、フランフィリアは丁寧《ていねい》に頭を下げて挨拶《あいさつ》をする。

「こちらのモフモフ可愛いのがバルキアス君ですっ。私はバル君って呼んでいますっ！　こちらは私と契約していますっ」

今度はバルキアスの紹介を、主人であるキャロが担当する。

契約していることを誇《ほこ》りに思っているバルキアスはどこか誇らしげにしており、キャロが撫《な》でてくれる手の感触《かんしょく》に目を細める。

「なるほど、愛称で呼ばれているということですね。私もバル君と呼んでいいですか？」

イフリアにはさん付けにしたため、フランフィリアはバルキアスに呼び方を確認する。

キャロの呼び方を聞いて、バル君と呼ぶのが似合っているように感じていたためだった。

『ガウ！』

バルキアスは構わないと頷きながらひと吠《ほ》えする。

ここまでのアタルたちとのやりとりを見ていて、フランフィリアが悪い人間ではないことは彼にも伝わっていた。

「よかった……みなさん、ここまでよい旅をされてきたみたいですね」

眩《まぶ》しいものでも見るかのように柔《やわ》らかく目を細めたフランフィリアは、この短い会話の中から彼らの関係性について、何かを感じ取っているようだった。

「そうか？　まあ、悪い旅だったとは思わないけど」

突然《とつぜん》そう言われて虚《きょ》を衝《つ》かれたアタルは実感がないため、首を傾《かし》げる。

「はいっ、とても良い旅でしたっ！」

一方でキャロは、アタルと、そしてバルキアス、イフリアとのこれまでの旅は時に苦しくも、それ以上に楽しかったと感じていたため、笑顔での返答となる。

「パーティというのは人数が多くなればなるほど、無用な軋轢《あつれき》を生んで仲間同士の衝突《しょうとつ》が起こることも珍《めずら》しくありません。それこそ長く一緒にいればいるだけ……」

胸元に手をやったフランフィリアは何か悲しい思い出があるのか、遠い目をしてそう口にする。

「フランちゃん……」

そんな彼女に寄《よ》り添《そ》うように近づいたセーラにはフランフィリアが何を思い出しているのかわかるようで、同じように切ない表情になっていた。

「ふふっ、でもアタルさんたちはこう、仲良し！　仲間！　といった感じで、すごくバランスが良いように思われます。戦闘面ではなく精神面ですね」

「そ、そういうものか？」

「そう、なんでしょうか？」

思わぬフランフィリアの言葉に、アタルとキャロは顔を見合わせていた。

当人には自分たちがどう見えているかわからないがゆえの反応だったが、フランフィリアだけでなくセーラも、アタルたちの様子をニコニコと笑顔で見ていた。


そんな風にしばらく談笑《だんしょう》しながら歩いていくと、ある店の前でセーラが足を止める。

「到着《とうちゃく》です！」

そこは一見して、なんの店なのかわからない建物だった。

いわゆる一般的《いっぱんてき》な個人店と同じようなサイズだが、看板等はなく、窓という窓全《すべ》てにカーテンが引かれていて、中が窺《うかが》いしれない。

しかも、入り口の扉《とびら》は他者を拒《こば》むかのようにピッタリと閉じられており、来客を歓迎《かんげい》しているようにも見えない。

「……本当にここなのか？」

一抹《いちまつ》の疑問を覚えたアタルは懐疑的《かいぎてき》な視線をセーラに向ける。

「中から人の気配はしますが……」

キャロは不安そうな表情で、中を覗《のぞ》ける隙間《すきま》がないかと窓に近づいている。

「そ、その、確かに雰囲気は怪《あや》しいかもしれませんが、ちゃんとしたお店なんです！」

わたわたと必死の様子でそんなことをセーラが言ったのと同時に、店の扉が開いた。

「――うるさい、店の前で騒《さわ》ぐな。それと、怪しい雰囲気で悪かったな」

中から出てきたのはローブを纏《まと》っている薄《うす》い金色のロングヘアをもつ男性エルフ。

ただ、一般的なエルフのイメージにある明るく清潔感のある感じとは違って、青白い肌《はだ》をし、目の下にクマがあり、暗い雰囲気をまとっている。そして背はやや低めである。

自身の店の前で話をしているのが気に入らないのか、不機嫌そうに鼻を鳴らして、不貞《ふて》腐《くさ》れた声音《こわね》で文句を言っている。

「あっ、ラルフ！　例のものを持ってきましたよ！」

セーラがそこまで言ったところで、ラルフはつかつかと彼女に近づいていく。

「……その袋《ふくろ》に雷獣の角が？　少し大きくないか？」

想像していたものと違ったのか、大丈夫《だいじょうぶ》かといわんばかりにラルフは訝《いぶか》しげな表情だ。

大人の雷獣の、それも完全な状態での角が入っているため、どうしても袋のサイズも大きくなってしまったが、その事実をまだ彼は知らない。

更に言うと、角の先端《せんたん》が少し漏《も》れ見えていた。

「ええ、そうなんです！」

セーラはどこか誇らしそうに胸を張って、ずいっと袋をラルフの目の前に突き出《だ》す。

「へえ、この街に雷獣を倒せるような奴《やつ》がいるなんて話、冗談《じょうだん》だと思っていたが、本当だったのか……」

ラルフは感心したようにそこまで言うと、視線をアタルに向ける。

「なるほど……お前たちが倒したのか。確かに普通《ふつう》の冒険者とは何かが違うように見える」

ひと目見ただけで、アタルたちが高いレベルの実力の持ち主であることをラルフは見抜《みぬ》いた。

「わかるのか？」

ぱっと見で分かるほどの特徴《とくちょう》はないと思っていたアタルは、自分の身体や服などを見返しながら質問する。

「あぁ、なんとなくだけどな。角をとって来てくれて感謝する」

「まあ、そんなに大したことじゃないから気にしなくていいさ」

「ですね、色々ありましたけど楽しかったですし」

その反応を見て、今度は彼が疑問を浮《う》かべる番だった。

「雷獣相手が大したことじゃない？　……しかも楽しかった、だと？　おい、セーラ。こいつらどうなっているんだ？」

　普通ではありえないような二人の反応に、ラルフは眉間《みけん》に皺《しわ》を寄せるとセーラに詰《つ》め寄って、質問をぶつける。

「ラルフ、こいつらなんて失礼なことを言わないで下さい。みなさん、実力のある方々で、雷獣の角もこれだけの物をとってきたのです。それだけで実力がわかるでしょ？」

　咎《とが》めるようにセーラは厳しい表情でラルフを注意する。

「……ふむ、確かにそうだな。申し訳ないことを言った。雷獣というのはかなり危険な魔物だという認識《にんしき》を僕《ぼく》は持っている。だからこそ、二人の反応が気にかかってあんなことを言ってしまった。改めて、申し訳なかった」

　率直《そっちょく》な物言いだが自分の非を認める性格らしく、ラルフはその指摘《してき》を受け入れて素直《すなお》に頭を下げる。

「あぁ、気にしないでくれ。俺《おれ》たちが言っていることが恐《おそ》らく普通の感覚じゃないというのは一応、自覚している」

　アタルたちはこれまで四神や宝石竜《ほうせきりゅう》など強敵との戦いを経験してきており、一般的な冒険者の感覚とは大きく異なっているため、ラルフの驚《おどろ》きも当然のことであると考えている。

「そう言ってもらえると助かる。それでは本題に入るが……セーラ、すぐに調合にとりかかってもいいのか？」

雰囲気がすっかり職人のものになったラルフは真剣《しんけん》な表情になり、セーラに確認をとる。

雷獣の角を持っているのは未《いま》だセーラで、今回の薬の調合も彼女からの依頼であるため、仕事に入ってもいいのか問いかける。

「ええ、こちら全て譲って下さるとのことなので早速取りかかって下さい。残ったものはストックしておいて、次に必要になった時に使って下さい」

「ほう、それは気前のいいことだな。では失礼して早速作業に入らせてもらおう。あれはなじませるのに時間がかかるからな……近いうちに行くのだろう？」

事態は悠長《ゆうちょう》に構えていられるほど、余裕《よゆう》の持てる状況ではないのはラルフもわかっていた。

「明日です」

これは即答《そくとう》。セーラも同様に状況の深刻さをわかっている。

「――っ！　なるほどな、それでは時間が惜《お》しい。セーラ、早く角を寄こせ」

「はい、明日には取りに来るからよろしくね」

叱咤《しった》するようなセーラの言葉を背に受けて、硬《かた》い表情のラルフは無言のまま工房《こうぼう》へと向かって行った。

「大丈夫なのか？　返事がなかったみたいだが……」

眉《まゆ》をひそめたアタルはラルフの反応がなかったのを見て、明日は厳しいのか？　と思った。

「いえ、あれは集中に入った顔です。あの子も仕事はちゃんとやるので安心して下さい。ちょっと口は悪いですけど、私の弟なので」

一瞬《いっしゅん》の間をおいて、全員がぎょっとしたように目を開いて一斉《いっせい》にセーラを見る。

「お、弟⁉」

「弟さんですか⁉　た、確かに目元がちょっと、似ているような気がしないでもないような……」

「ちょ、ちょっと！　あなたに弟がいるなんて聞いたことないわよ！」

アタルは単純に驚き、キャロは似ている部分をなんとか思い出そうとして、フランフィリアは突然の親友のカミングアウトに驚愕《きょうがく》している。

「うふふっ、みなさんが驚くと思って黙《だま》っていたんです！　特にフランちゃんはきっとすんごい驚くだろうなあって！」

いたずらが成功した子どものように、口元に手をやるセーラは、してやったりと笑顔になっていた。

「全くあなたという人はいつもいつもこうなんだから……まあ、いいわ。それで、次はどうするの？」

薬が出来上がるのは翌日。

それまでの間、何をして過ごすのか。まだ準備があるのかをフランフィリアが尋ねる。

「うーん、船の手配は済んでいるから、あとは全員分のアレを用意しないとね！」

手をパンと合わせて楽しそうに笑うセーラは、再び何か企《たくら》んでいるようだった。

「……あー、そういうことね。はあ、仕方ないわね」

セーラの反応から何を考えているか想像がついたフランフィリアは、ため息を吐《つ》きながら頷く。

彼女も次に行く場所がわかっており、なおかつそこに行くのが必要であるというのもわかっているようだった。

「それではみなさん、行きましょう！」

あえてどこに行くのかはセーラもフランフィリアも言わずにいる。

「……まあ、行けばわかるか。キャロ、バル、イフリア行くぞ」

「はいっ！」

『ガウ』

『キュー』

三人はアタルの声かけに従って動き始める。

イフリアはまたもや高めの声で返事をするが、これを密《ひそ》かに気に入っていた。

楽しそうに、スキップをするかのようにウキウキした足取りで先を行くセーラ。

そのすぐあとを歩くフランフィリアは、やや気が重そうにしてついていく。

この対照的な二人の反応にアタルとキャロは言い知れぬ不安を感じながら、少し後ろを歩いていた。


再びセーラの案内で移動した先は、人が行きかう街の真ん中であった。

今回も道中は談笑しながらの道のりであり、あっという間に目的の場所へと到着する。

「ここです！」

そこは、先ほどのラルフの店とは大きく印象が違って客の出入りがあり、女性の客も少なくない。

明るく開けた店内はいろんな種類の服で彩《いろど》られていた。

「服屋さん、ですか？」

きょとんと首を傾げたキャロが質問する。

明日に向けての準備と聞いていたので、特別な魔道具、特別な武器防具などを用意するのかと考えていたが、予想外の場所であったため疑問符《ぎもんふ》が頭に浮かんでいる。

「服、服か――まさか普通の服を買うなんてことは……」

そんな簡単な答えならば隠《かく》すこともないだろうと思いながらアタルはセーラとフランフィリアを見る。

セーラはにっこりと満面の笑みで、フランフィリアは疲《つか》れたような顔で首を横に振《ふ》る。

「私たちが買うのは……」

そこまで言うと、セーラは店の中へ入って、迷わずに真っすぐ入り口右側の奥のコーナーへと向かい、そこで足を止める。

「これです！」

「……水着、ですか？」

そこにあるのは見まごうことなき、いわゆる水着だった。

これがどう調査に必要になるのかわからず、キャロは再び首を傾げている。

「そうなんです！　みなさんに向かってもらうのは、海中――しかも海底です。つまり水の中での活動となります。水の中で活動する際に最も動きやすい服装といえば？　はい、キャロさん！」

教師が生徒を指すようにセーラがキャロへと質問する。

「え、えっと、水着、ですか？」

キャロはセーラからの圧に戸惑《とまど》いながら質問に答える。

ここまでの流れを見れば完全に誘導尋問《ゆうどうじんもん》であるが、セーラはキャロの答えを聞いて満足そうに頷いた。

「その通りです！　と、いうわけでみなさんの水着は既にお店にお願いして用意してありますので、着替《きが》えて下さい！　キャロさんとフランちゃんはこっちの女性更衣室《こういしつ》で、アタルさんはあちらの男性更衣室でお願いします」

気合の入った表情のセーラはキャロ、フランフィリアの背中を押して強引《ごういん》に彼女たちを連れて行ってしまった。

「えーっと……」

一人取り残されたアタルは、どうしたものかと周囲を見回す。

「お待たせいたしました。アタル様、でございますね？」

「あ、あぁ、そうだけど……あんたは？」

丁寧な物腰《ものごし》でアタルに声をかけてきたのは、人族の壮年《そうねん》の男性。

白いひげと髪《かみ》をきらんと整えた執事《しつじ》のような佇《たたず》まい。スーツ姿でメガネの奥の目は鋭《するど》く、仕事ができる男というタイプに見える。

「これは失礼しました。申《もう》し遅《おく》れましたが、私は当店の店長を務めさせていただいております、セバスと申します。セーラ様よりアタル様の水着を用意するようにとのことで、本日担当させていただきます。こちらへどうぞ」

セバスは優雅《ゆうが》な身のこなしでアタルを男性更衣室へと案内していく。

「はあ……まあ、仕方ないか」

完全にセーラの手のひらで踊《おど》らされている形にはなるが、確かに水中での活動となると水着が動きやすいというのも間違いではないため、フランフィリアが反対しないことも考えるとむしろ正解の可能性が高い。

ゆえに、アタルも無駄《むだ》な抵抗はせず、セバスのあとについていくことにした。

男性物はデザインも少ないため、いくつかピックアップされたものの中からアタルはすぐに決定する。

トランクスタイプの水着で、青をベースにしたデザインのものをチョイス。

上着には海辺で着用するようなパーカーが用意されており、それらを身に着けて更衣室から姿を現す。

「お似合いでございます！」

セバスは試着が終わって出て来たのを確認するや否《いな》や、素直な感想を伝える。

「あー、ありがとう、と言っておくか。それで、あっちはまだなのか？」

お世辞だろうと思いながらも感謝を伝えたアタルが視線を向けたのは、女性更衣室がある方向。

「あちらは、みなさん盛り上がっている声がこちらまで届くのですが、少々試着に時間がかかっているようです」

「なるほど……」

少し困ったような笑みを浮かべたセバスが言うとおり、キャロ、フランフィリア、セーラの声はアタルの耳にも届いている。

「それじゃ、しばらく待たせてもらうか」

三人のやりとりが容易に想像できたアタルはやれやれと肩《かた》を竦《すく》めて、時間をつぶそうと周囲を見回す。

「よろしければ、あちらに休憩《きゅうけい》スペースがございますので、店内散策に疲れましたらどうぞ」

アタルがいる場所からもすぐそばにある休憩場所を確認することができる。

「わかった、それじゃ少しぶらぶらさせてもらおうか」

そこまで興味があったわけではないが、普段《ふだん》は見ないような店の中を眺《なが》めていくのも、それはそれでそれなりに楽しめる。

アタルは男性物コーナーを眺めていく。

女性の買い物は長くなる――それは日本にいた時から知っていた。

そして女性が三人集まれば盛り上がるだろうと納得《なっとく》して、ゆっくりと時間を使うことにした。

しばらく店の中を見て回っていたアタルだったが、見る品物がなくなってくると、セバスの申し出を受け入れて休憩場所でお茶をもらっていた。

それから更に三十分ほど経過したところで、セーラがアタルを呼びにやってきた。

「アタルさん、こちらも準備できました。こちらへどうぞ！」

「ちょ、ちょっと、自分で行けるって」

「まあまあ、いいじゃないですか！」

はしゃいでいるためかテンションの高いセーラはウキウキしながら急《せ》かすようにアタルの腕《うで》を強引に引っ張って、女性更衣室の前まで連行していく。

そこには外で待っていたはずのバルキアスとイフリアの姿があった。

二人もセーラに連れてこられていたようだ。

「さあさあ、みなさんお待たせしました。いよいよ綺麗《きれい》どころお二人の水着姿の公開です！　まずはフランちゃんどうぞ！」

セーラの呼びかけに従ってフランフィリアが呆《あき》れたような表情で更衣室から出てくる。

「も、もう、そんなに大げさにしないでよ。別に水着くらい海辺の街だったら当たり前に着るでしょ？」

しかしながら、アタルに見られるということを意識しているからか、その褐色の頬は赤く染まっている。

「おー、似合うじゃないか」

ビキニタイプの水着で、申し訳程度の布地が彼女《かのじょ》の大きな胸を包み込んでいる。

褐色の肌を持つ彼女の妖艶さを際立《きわだ》たせるような白地に青い大きな花の模様をあしらい、ラインに沿ったホルターネックタイプのデザインで、それは彼女が時折見せる少女のような幼さを彷彿《ほうふつ》させていた。

腰《こし》に巻いたパレオのような布はシースルーとなっており、時折見えるすらりとした足は、彼女のセクシーさを表していた。

「そ、そうですか？　布が少なくて、ちょっと不安なのですが……」

アタルに褒《ほ》められたことで、更《さら》に見られていることを意識してしまい、両腕《りょううで》で胸を隠そうとする。

しかし、それが逆効果で腕によって押し上《あ》げられる形になった胸は更に、その大きさを強調することとなった。

「ま、まあ、今はほら、店の中だから余計にな」

「そ、そうですね。海に入れば、こ、これくらいは普通です、よね？」

「そう、だな。あぁ、そのとおりだ。ほら、俺だってこの服の下は水着だからな」

アタルは上着を軽くめくって、自分も水着に着替えていることをアピールする。

「きゃっ！」

アタルの腹のあたりが見えてしまったため、フランフィリアは両手で顔を覆《おお》う。

慣れていないのか、その頬は先ほど以上に赤くなっていた。

「うふふっ、やっぱりフランちゃんは可愛いなあ（水着と反応二つの意味で）」

初々《ういうい》しい反応を見せる推定数百歳《さい》のダークエルフを見て、セーラはニコニコと、いうよりもニヤニヤと笑っていた。

「あ、あの、そろそろ行ってもいいでしょうか？」

フランフィリアが出て行ってからしばらく経《た》つため、中にいるキャロが声をかける。

「あっ、そうでした。それでは今度はキャロさんどうぞ！」

セーラは友の恥ずかしがっている姿を楽しんでいたが、キャロの声で引《ひ》き戻《もど》される。

「は、はいっ！」

今度はキャロがおずおずと更衣室から出て来た。

彼女の水着もフランフィリアと同じホルターネックタイプだが、白を基調にしつつも谷間と腰のあたりに差し色のリボンのラインが入った愛らしいものだった。

下はビキニではなくミニスカートのようになっていて、ふわりとしたデザインが彼女のウェーブがかかった髪型《かみがた》と相まってよく似あっていた。

「あ、あの、変じゃないですか？」

水着自体初めて着るため、自信のなさそうな、ややうつむき加減でもじもじとしながらキャロが質問する。

「もちろんです！　すごく可愛いですよ！」

これはセーラの言葉だったが、少し顔をあげて上目遣《うわめづか》いになっているキャロの視線はアタルを捉《とら》えたままでいる。

セーラが褒めてくれたとしても、フランフィリアが褒めてくれたとしても、それは彼女の自信には繋《つな》がらない。

やはり、キャロにとって一番はアタルだった。

「キャロ。あぁ、よく似合っているよ」

ふっと柔らかく目を細めたアタルはキャロに近づくと、頭に軽く手を置きながら声をかける。

彼《かれ》の目は、フランフィリアの水着姿を見た時とは異なって優《やさ》しい目をしており、キャロのことを気にかけているのがよくわかる。

「キャロ、顔をあげて、水着をよく見せてくれないか？」

「は、はいっ！　どう、でしょうか？」

顔をあげたキャロは嬉《うれ》しそうな表情で、ゆっくりとその場で回って見せる。

「うんうん、よく似合っている。キャロ、可愛いぞ」

アタルは少し離《はな》れてから彼女の水着姿を見て、改めて彼女に感想を伝えた。

「えへへっ、嬉しいですっ！　アタル様もすごくカッコいいですよっ！」

頬を赤く染めたキャロは、はにかんだ笑顔を見せ、更にはいつもと違《ちが》う様相のアタルのことも褒めている。

「そうか？　まあ、キャロがそう言ってくれるならありがたく受け取っておこう」

「うふふっ、ずっと一緒にいた私が言うので間違《まちが》いないですっ！」

キャロは水着姿をアタルに褒められたことで、先ほどまでの不安な気持ちが全て吹《ふ》き飛《と》んで、アタルを褒めるだけの余裕がでてきていた。

「……なんだか、二人の世界に入っちゃいましたね」

セーラは蚊帳《かや》の外にいるような思いで、アタルたちのやりとりを眺めている。

「ふふっ、あれから多くの出会いや戦いを重ねてきて、今も変わらずに仲がいいのは、とてもいいことよ。本当にとてもいい関係性ね」

フランフィリアは変わらない二人の、それでいてどこか以前よりも近づいているように見えるこの関係性を微笑ましく見守っていた。

しかし、そこでアタルは不意にフランフィリアたちに向き直る。

「さて、それじゃ着替えるか」

「ふえっ？」

アタルの切り替えの早さに、セーラは虚を衝かれてしまい、変な声がでてしまった。

「いや、だってあれだろ。例の薬ができるのは明日なんだから、このまま着ていても仕方ないじゃないか」

水着のまま一日過ごすわけにもいかないだろ？　とアタルが言うと、フランフィリアとキャロが同意して頷く。

「う、た、確かにそうですね……支払《しはら》いに関しては私が済ませておきましたので、着替えたら戻りましょうか」

まだみんなの水着姿を堪能《たんのう》していたかったセーラだが、アタルの言うことの正当性が強くこれ以上引き延ばせないと判断して、残念そうにしつつも欲求をのみ込んだ。

第二話　出発

翌日

アタルたちは再び冒険者《ぼうけんしゃ》ギルドのギルドマスタールームへと集まっていた。

薬が完成したら、ラルフが直接ここへ持って来てくれるとのことで、談笑しながらそれを集合から既《すで》に二時間ほど待っていた。

すると、少しやつれたラルフがギルド職員に案内されてセーラのもとへとやってくる。

「失礼する。約束の品が出来上がったから……ぶふぉ！」

ラルフは勝手知ったるように部屋に入り、顔をあげたところで思わず噴《ふ》き出してしまった。

部屋にいるのは昨日と同じメンバーで、アタル、キャロ、バルキアス、イフリア、フランフィリア、そしてセーラである。

さすがにそれだけではラルフが驚くことはない。

「ふふーん、ラルフったら顔を真っ赤にしちゃって、エッチなんだからあ」

からかうように言ったのはセーラ。

彼女の提案で、すぐに出発できるように、みんな既に水着に着替えていた。

「な、ななな、なんでみんなそんなに露出《ろしゅつ》の多い服装なんだ！」

焦《あせ》りながら目線を逸《そ》らし、顔を真っ赤にしたラルフが当然の疑問を口にする。

「決まっているじゃない！　これから海底の調査に向かうからよ！　そんなことくらいわかるでしょ？」

呆れたような口調ながら、その表情はいたずらっ子そのもので、セーラは迫《せま》るようにラルフへ近寄ると更に煽《あお》っていく。

「なあ、疑問なんだが……俺たちが水着で行くのは理解できる。でもセーラはなんで水着を着ているんだ？」

誰《だれ》もが気になっていたが、突っ込まずにいたこと。

それを訝しむような表情のアタルがここにきて質問する。

仕事を全《まっと》うしているにもかかわらず、からかわれているラルフのことを不憫《ふびん》に思ったため、矛先《ほこさき》をセーラに向けていた。

「え、えっと、その、昨日みなさんの水着姿を見て、その、可愛《かわい》い水着を着ていたので、ちょっとずるいなあなんて思って……」

てへっと舌を出して誤魔化《ごまか》したセーラ。

昨日の水着試着は自分で全てセッティングしたにもかかわらず、家に帰ってから自分だけ仲間外れにされているかのような疎外感《そがいかん》を覚えていた。

そのため、自宅にあった水着を引っ張り出して着替えていた。

ワンピースタイプでシックなデザインの水着姿のセーラは、胸の内を告白するのが恥《は》ずかしかったのかもじもじとしている。

普段肌《ふだんはだ》の露出をすることが少ないせいもあってか、隠れていた大きな胸と肌の白さが強調されている。

「はあ……まあ、いいか。それで、例の薬は完成したのか?」

セーラのいたずらによって話が脱線《だっせん》してしまったが、ここでアタルが軌道《きどう》修正する。

「あ、あぁ、これだ。持ってきてくれた雷獣《らいじゅう》の角がかなりの高品質だったから、効果の高い薬ができた。実際に試《ため》したわけじゃないが、この品質だったら丸一日経過しても効果は持続するはずだ」

一般的には六時間程度持てばいいと言われている。

そこから比較《ひかく》すれば、四倍以上の時間持たせることができるのは、かなりの性能アップと考えられる。

「そ、それはすごいです……私が以前使った時は、三時間程度しか持たなかったので、これならいくらでも潜《もぐ》っていられますね」

驚きながらそう言ったフランフィリアが冒険者時代に海底へ向かった時には、時間を気にしながらだったため、神に会った際も落ち着かず、どこか急ぎ足だった。

「なるほどな。そういうことなら、わざわざデカい角を持ってきたかいがあったな」

アタルたちだからこそ、あれだけの角をもらってくることができた。

そこを考えれば、今回の海底調査の前段階の依頼《いらい》をアタルたちが受けたのはセーラとしても行幸だった。

「それじゃ、早速《さっそく》行くことにしましょう。みなさんが海底に向かうための船はこちらで用意させていただきました。海に異変があることを考えると、ある程度のサイズでないと転覆《てんぷく》などの危険性が高いと思われるので、それなりの物を手配してあります」

これまで何度もふざけることのあったセーラだが、仕事に関しては確実であり、信頼《しんらい》できるため、アタルたちはその言葉に安心感を抱《いだ》いている。

「それじゃ、僕はもう行くぞ。海底調査、頑張《がんば》ってくれ。あと、角は返却《へんきゃく》してほしければいつでも言ってくれ。ギルドにでもあんたたちにでも返すつもりはある。削《けず》った分だけでも、まだまだ薬は作れるからこっちは十分だ。なんだったらあの角をオークションにでも出せばかなりの値段がつくんじゃないか？」

実際、薬を作るのに必要な雷獣の角は粉末にして少量であるため、かなりの量が残っている。

「俺たちは必要ないからそっちで使ってくれ。売っても残してても好きにしてくれて構わないさ」

あくまで自分たちには必要ないものであるとアタルは言う。

「ギルドとしても同様です。それはアタルさんたちが命懸《いのちが》けでとってきてくれたものです。それをお金に換《か》えるなんてことは考えていません。なので、それはラルフが保管しておいて下さい」

ここにきてセーラはそれまでの悪ふざけなど一切《いっさい》なく、すっと冷静で真面目《まじめ》なギルドマスターとしての表情になり、真剣に答えていた。

「そうか……わかった。じゃあ、僕は店に戻る。頑張ってくれ」

姉の様子から全てを察したのか、それだけ言うと、ラルフは部屋を出て行った。

だが三秒後、何かを思い出したようにラルフは部屋へ戻ってくる。

「あぁそうそう、言い忘れていたが……」

「何かしら？」

セーラが首を傾《かし》げる。

「セーラの水着はタイプも古いし似合ってないぞ。じゃあな」

ラルフは馬鹿《ばか》にするように鼻で笑いながら、それだけ言い残してそそくさと帰って行った。

「な、ななな、なによううううう！」

それを聞いたセーラはギルドマスターの顔から一人の姉としての顔に戻って、怒《いか》りで顔を真っ赤にしながら雄《お》たけびをあげる。

「ははっ、だからセーラをからかうのは面白《おもしろ》い！」

だがその声は立ち去ったラルフの耳にもしっかり届いており、より一層彼を喜ばせる結果となった。

「……仲のいい姉弟《きょうだい》だな」

かなりの年齢《ねんれい》であるはずのエルフの姉弟が、立場のある場所にたどり着いてからも同じ目線で喧嘩《けんか》をしている様子は、そう見られるものではなく、アタルは微笑《ほほえ》ましいとすら思っていた。

「もうほらセーラ、落ち着いて。私はその水着似合っていると思うわよ？　彼はあなたを驚かせたくてあんなことを言っただけだから、ね？」

なだめるように寄《よ》り添《そ》うフランフィリアは優しく声をかけながら、合わせて下さいと言わんばかりにアタルとキャロへ目配せする。

「そ、そうですよっ！　セーラさんすごく綺麗だし、水着もすごく似合っていますっ！」

慌《あわ》ててキャロが言うと、セーラはピクリと反応する。

フランフィリアは、アタルにも続くように更に強い視線を向けた。

「――あー、そうだな。シックな色合いの水着はエルフであるセーラの良さを際立たせていて、よく似合っていると思うぞ」

「ほ、本当ですか……？」

男であるアタルの言葉に強く反応を示したセーラは、じっとりとやや疑わしい視線をアタルに向ける。

「あぁ、俺は嘘《うそ》をつかない（ほとんどな）」

「そうですっ！　アタル様はお世辞を言わない方ですっ！」

アタルの言葉を裏づけるように、キャロが援護《えんご》射撃《しゃげき》をしていく。

「そ、そうですか？　も、もう……ラルフは仕方ないわね。コホン、それじゃあ気を取り直して、船に向かいましょう！」

ショックを受けていたセーラは、たったこれだけの言葉で元気を取《と》り戻したようで、ウキウキとした様子で部屋を出て行こうとする。

「セーラ、似合っているけどさすがにこのままでは刺激《しげき》が強いから、みんな上着は羽織っていきましょう」

「あ……そ、そうね」

しかし、フランフィリアの指摘を受けて、自分たちがどんな格好であるかを改めて思い出し、このまま出て行っては冒険者たちの注目の的になってしまうことに気づく。

(どっちにしろ、この三人が一緒《いっしょ》に行動していたら目立つ気がするが……まあいいか)

上着を羽織っても、薄着《うすぎ》であり、身体《からだ》のラインが際立つことには変わらなかったが、アタルはあえてそれは口にせずに、出発を優先させることにした。


「なあ、あれって……」

「ギルマスだよな？」

「隣《となり》のダークエルフもすげえ美人だな！」

「お、俺は一番前の獣人《じゅうじん》の子が……」

階下に降りたアタルたちに、正確には水着姿の女性陣《じょせいじん》に注目が集まり、ギルドホール内はざわついている。

「え、えっと、なんだか、見られているような気が……」

じろじろと見られることに慣れていないキャロは俯《うつむ》き加減で周囲の視線に耐《た》えている。

「こ、これはちょっと、予想していませんでした……」

焦った様子のセーラはあまりの反響《はんきょう》に戸惑い、頬《ほお》に汗《あせ》をかいている。

「はあ、そんな恰好《かっこう》をしていれば男たちはざわめきたつだろ。ただ、あの中を突《つ》っ切《き》るのはちょっと面倒《めんどう》だな……」

ため息交じりのアタルは冒険者たちの中を通る時に、キャロたちがもみくちゃになって身体を触《さわ》られてしまう危険性を考えていた。

「大丈夫《だいじょうぶ》です……私たちには一ミリも触《ふ》れさせませんよ」

力強くそう言うと、フランフィリアは一人先行して階段を下りていく。

「おぉ、ダークエルフだ！」

「胸がデカいな……」

「ふ、ふへへ」

元々露出の高い服装を普段から着ているフランフィリアは自分の身体を品評されることに慣れており、笑顔《えがお》のまま冒険者の群れの中へと進んでいく。

「お、おい、フランフィリア……」

アタルが無防備に進むフランフィリアに声をかけようとするが、その肩にセーラが軽く手を置いた。

「大丈夫、見ていてください」

彼女はフランフィリアとは長い付き合いであり、これから何をするのかも見当がついている。

「こんな姿をしている私たちですが、大事な用があるのででかけなくてはなりません……。ですがみなさんが進路を遮《さえぎ》っていては、怖《こわ》くて怖くて――震《ふる》えてしまいます」

少し弱さを見せるかのようにそっと涙《なみだ》を拭《ぬぐ》う動きを見せるフランフィリアに、美人な彼女を舐《な》めまわすように見て下品にニヤニヤと笑っている男たち。

しかし、男たちは何かがおかしいことに気づく。

「お、おい、なんか寒くないか？」

「た、確かに、今日ってそんな天気だったか？」

「う、うぅ、さ、寒い」

先ほど震えてしまうと言ったのはフランフィリアだったが、実際にこの場で震えているのは男たちのほうだった。

「あらあら、寒いですか？　少し魔力《まりょく》が漏《も》れただけなのですが……。それで、みなさん、どいて頂けますか？」

笑顔のままのフランフィリアだったが、その笑顔で見られるとまるで凍《こお》りつくかのような感覚を抱く。

「お、おい、みんな……」

寒さから白い息を吐《は》いてたじろぐ、前にいた男は恐怖心《きょうふしん》から後ろに声をかけると、それはどんどん伝播《でんぱ》して、ついには全員が脇《わき》に避《よ》け、一本の道が作られる。

「ふふっ、ありがとうございます。それではみなさん、行きましょうか」

「あ、あぁ……」

「フランフィリアさん、すごいですっ！」

氷の魔女《まじょ》の二つ名の一端《いったん》を目《ま》の当《あ》たりにしたアタルは頬をひくつかせ、キャロは余裕《よゆう》のある大人の対応をしたフランフィリアに感動していた。

「こうしてみると昔のままなのだけれどね……」

何か思うところがあるのか、セーラはそんなフランフィリアを見て、少し悲しそうな表情になっている。

「……？」

それに気づいたアタルだったが、長い付き合いの二人だからこそわかることもあるのだろうと触れずに下に降りて行った。

しばらくの間、ギルドホールは静まり返ることとなったが、アタルたちが出て行ってからは先ほどのフランフィリアが何をやったのか、どこの誰なのかなどなど、彼女についての話題で盛り上がることとなる。

「ふう、ちょっと大人げなかったですかね？」

ギルドから離れたところで、先ほどまでの冷たい表情ではなくなったフランフィリアは、恥ずかしそうにアタルとキャロに問いかける。

「いや、ああでもしないとあいつらは聞き入れないだろ。俺が銃《じゅう》を撃ってもよかったけど、さすがにギルドマスターの客として来ているのに、武器音で黙《だま》らせるのも良くないからな」

アタルは彼女の対応に対して、あの場ではあれが最上の選択肢《せんたくし》だと思っている。

「そうですよっ！　フランフィリアさん、すごく格好良かったですっ！」

キャロは、感激したように目を輝《かがや》かせている。

強い女性というのは憧《あこが》れを抱かせるようだった。

「そ、そうですか？　そう言って頂けると私も頑張ったかいがあるというものです……それで、セーラ、船はどこに行けばいいのかしら？」

フランフィリアは一番後ろで何かを考え込んでいるセーラに声をかける。

「——えっ？　あぁ、そうね。こっちです、来て下さい！」

セーラは先ほどまでの表情を隠すかのように、声を張って元気よく先頭で移動していく。

彼女に続いて移動していくと、十五分ほどで船着き場へと到着《とうちゃく》した。

「なるほど、この船か……」

用意された船はそこそこの大きさで、魔力によって推進することができる特別性だった。

「性能を考えるとこの船ならば小回りが利《き》いて一番良いものだと」

「そうね、海上で下りることも考えるとこのくらいの船がちょうどいいわ」

セーラの言葉にフランフィリアが同意する。

アタルとしては特に思うことはなく、ただ見たまま呟《つぶや》いただけであるため、ギルドマスター二人の意見に反論するつもりもなかった。

「それじゃ、例の薬をもらおうか」

水中で行動しやすくなるというラルフが作ってくれた薬。

これを手に入れるために一つ前の依頼を達成したわけであり、今回の依頼に向かう上で、最も重要なアイテムとなる。

「そうでした。フランちゃん、ちょっと船の様子を確認《かくにん》してきてもらえるかしら？　薬についてアタルさんに説明しておくから」

「了解《りょうかい》よ、この船が生命線になるから点検はしっかりしておかないと……」

セーラの指示に従ってフランフィリアは船のチェックに向かう。

「私もお手伝いしますっ！」

何をすればいいのかはわからなかったが、こういう知識も得ておくことで何かの際に役立つかもしれないと考えたキャロはフランフィリアに続いていく。

「それで、俺に何か話があるのか？」

あからさまにフランフィリアを遠ざけたと感じたアタルは、セーラの真意を確認する。

「わかっちゃいましたか……。話しておきたいのはフランちゃんのことです。彼女はSランク冒険者に認定《にんてい》されて、その実力はランクに相応《ふさわ》しかったのです。ですが冒険者時代、仲間を助けるために無理をしたせいで、魔力回路に傷がついてしまいました。そのせいで、あの子は本気で戦うことができないんです……」

セーラがギルドで悲しそうな顔になっていたのも、このことが原因だった。

「確かにスタンピードの戦いの時もわりとカツカツな様子だったな……それで、魔力回路がどうにかなれば本来の力が出せるのか？」

あの戦いの時も、フランフィリアは強力な魔《ま》法《ほう》を使ったあと、疲《ひ》労《ろう》の色が濃《こ》かったことをアタルは思い出している。

「もちろんです！　フランちゃんの本気の力は、Sランク冒険者だけあって他《ほか》のSランク冒険者と比べても遜《そん》色《しょく》ないどころか、氷魔法に関しては圧《あっ》倒《とう》できるほどの強力なものです。ですが、一度壊《こわ》れた魔力回路をなんとかする方法は……」

もちろん色々な薬やアイテムを試したが、そのどれもフランフィリアの魔力回路を修復することはできなかった。

フランフィリアと長い付き合いのセーラは彼女の辛《つら》さを一番そばで見てきたため、何もできないことに悔《くや》しさと悲しさをいっぱいにした顔でうつむく。

「ふむ……」

少し考えこんだアタルには治せる心当たりがある。

それは、ボロボロになったキャロを一瞬《いっしゅん》で治すことができた強《きょう》治《ち》癒《ゆ》弾《だん》である。

あれならば過去の傷も、深い傷も、恐《おそ》らく魔力回路の傷も修復できる可能性があった。

「まあ、なんとかなるかもしれないな。方法は言えないが、考えがある」

「本当ですか！　アタルさんなら何か手があるかもしれないと、藁《わら》にもすがる思いだったのですが、本当にあるなんて……」

言ってみたものの、アタルは彼女の期待に応《こた》えられるかわからないため、期待に満ちた視線を向けるセーラを少し困ったように見る。

「最終的にどうなるかはわからないが、折を見て試してみるよ。それより薬の説明もしてくれ。建前だが、そっちも重要だからな」

「そ、そうでした。こちらの袋《ふくろ》に人数分の丸薬が入っています。一人一粒《つぶ》飲むことで、身体を薄《うす》い空気の膜《まく》が覆って、水中でかなり自由に動くことができます。呼吸も薬によってサポートが働くので問題なくできます」

一気に説明するが、要約すると飲むことで水中での問題を全《すべ》て解決できる一品だというものだった。

「わかった、それじゃそろそろ行ってくる。海で何かあるかもしれないから、俺たちが帰ってくるまで、少し海のほうを気にかけてくれると助かる」

これまでに、自分たちが色々な事件や出来事に巻き込まれたことを考えると、今回もただで終わるとは思えないため、ここで保険をかけておく。

「承知しました。アタルさんもフランちゃんのこと、よろしくお願いします。お二人に何かがあったら、無茶《むちゃ》をしてしまうかもしれませんので……」

その性格によって以前の魔力回路の傷に繋がった。

今回も何かがあれば、フランフィリアは自分の身を呈《てい》してでも行動するかもしれないとセーラは不安に思っている。

「大丈夫だ、セーラが思っている何倍も俺たちは強い。だから、フランフィリアのことは俺たちが絶対に守ってやる」

そう言うと、アタルはセーラの頭に軽く手を置いてから船に向かう。

「も、もう、そういうの、ずるいですよ……みんな、気をつけて行ってきて下さい！」

そういったことをされるのは久しぶりすぎて恥ずかしさから頬を少し赤らめたセーラが最後に大きく声をかける。

アタルは右手をあげて応え、キャロは両手を振《ふ》っている。

バルキアスは軽く頷《うなず》き、フランフィリアは視線を交《か》わしてから大きく頷いた。

イフリアだけは、反応を見せずに船の先頭でたたずんでいる。

「アタルさん、この船は魔力を込めることで速度をあげる仕様になっています。海底神殿《しんでん》の場所は私がわかっていますので、操縦も私が担当してもいいですか？」

「あぁ、頼《たの》んだ」

フランフィリアは今回のメンバーの中で最も魔力操作に長《た》けており、彼女の経験が最も重要になるため、その判断に反対する理由はなかった。

「それでは、出発します！」

その言葉が合図となり、フランフィリアの魔力に応えて、船がゆっくりと走りだす。

「すごい、本当に船が動き出しましたっ！」

キャロは風もないのに船が自然と動いていくことに驚《おどろ》いている。

「おぉ、すごいな！」

それに対してアタルはというと、魔道具によって疑似《ぎじ》エンジンを創《つく》り出しているこの世界の技術に感動していた。

「魔道具っていうのはどうやって開発されているんだ？　こんな船を動かすなんていう技術を個人で作り出すのは無理だろ……」

独り言のようなつもりでアタルは口にする。

「それはですね、魔道具研究所というどこの国にも属さない中立の機関があるんです。その中で色々な研究が行われていて、開発されたものは試験運用後に実用化、量産の目途《めど》がたったら各国に技術が供与《きょうよ》されるようですね」

好奇《こうき》心旺盛《しんおうせい》なアタルの反応にクスリとほほ笑《え》んだフランフィリアが説明をしてくれる。

彼女はこれまでの経験や立場から、色々な情報を持っており、魔道具研究所にも立ち寄った経験があった。

「それはいいな。研究がされることで、一層の技術の向上が図《はか》れる」

そうやって世の中が便利になっていくのは良いことだと、地球での技術発展を思い出しながらアタルは嬉しい気持ちになっていた。

この世界での魔道具技術が発展していき、みんなが便利になっていくことは、自分やキャロのこれからの生活にも繋がっていくため、ますますの発展が望まれる。

「そうですね、船にしても昔は手漕《てこ》ぎ以外にはなかったですからね。まだまだ値段は高いですが、こういった船が一般《いっぱん》にも出回るようになったのはとてもいいことだと思います」

フランフィリアも世の中が便利になっていくことを快く思っているようだった。


しばらくは海風を受けて談笑《だんしょう》をしていたが、徐々《じょじょ》に船の速度が抑《おさ》えられていき、目的の場所で停止する。

「ここ、ですか？　何か目印があるようには思えませんが……」

だがキャロが言うように、目印になるようなものは何もなく、一面海が広がっている。

「大丈夫です、ここからほぼ真下に潜っていけばありますよ」

キャロの指摘《してき》はその通りだったが、フランフィリアはこの場所から潜った場所に海底神殿があると確信していた。

「なるほど、例の神様からもらった許可というやつが神殿との繋がりを持っているのか」

「そのとおりです」

フランフィリアは海の神との繋がりを持っており、念じるだけでどこに海底神殿があるのかを感知することができていた。

「なら、俺たちはそれを信じるだけだ。それじゃ、早速潜《さっそくもぐ》るとするか。まずは、ラルフが用意してくれた薬を」

例の水中で呼吸できる薬は小さい丸薬で、これを飲むことで水中での行動や呼吸が行いやすくなるものである。

「まずは俺から――って、にがっ……」

アタルは一つ取り出すと、一気にそれを飲みこんだ。

一瞬で口に広がる漢方に似た苦みに顔をゆがめる。

その表情を見ただけで、相当にまずいものであることが容易に想像できる。

「それじゃ、キャロにフランフィリアにバルにイフリアも」

何とか苦みをやり過ごしたアタルは、袋から丸薬を取り出して順番に渡《わた》していく。

「うぅっ、苦いです……」

アタルから渡されたものだからと一生懸命《いっしょうけんめい》飲み干したキャロは涙目になっている。

『ガ、ガウウウ……』

バルキアスも声をあげるが、それでも喋《しゃべ》れないというキャラはなんとか守り抜《ぬ》いている。

「前にも飲んだことありますが、これは、ちょっと慣れないですね……」

フランフィリアも表情を崩《くず》しながら、我慢《がまん》して丸薬を飲み込んでいる。

最後にイフリアだったが、足元に丸薬を置いたままピクリとも動かない。

「イフリア、どうした？」

アタルが質問をすると、イフリアは厳しい表情のままでいる。

「……何かあるなら話していいぞ」

これはフランフィリアがいても普通《ふつう》に話してもいいという、アタルからの許可である。

『ふむ、ならばそうさせてもらおう』

「!?」

イフリアが当たり前のように話し始めたので、フランフィリアは驚いて、思わずキャロの顔を確認していた。

「あ、あははっ」

キャロは当然驚くだろうなと苦笑いし、その視線をバルキアスへと向ける。

『えっ？　普通に話してもいいの？　いやあ、話せないのも疲《つか》れるんだよねえ。って、さっきの薬、すっごく苦かったけど……あれ、大丈夫なのかなぁ？』

今度はバルキアスまでもが話し始めた。

「そ、そんな、バル君まで……」

衝撃《しょうげき》の事実にフランフィリアはよろよろとふらついて、船の手すりに手をついて身体を支える。

「それで、どうしたんだ？」

『う、うむ……』

イフリアは言いづらそうな表情でありながらも、言葉を紡《つむ》いでいく。

『その、フレイムドレイクは火の属性であろう？　そして、これから向かう先は水の中だ。つまり、水は敵とまでは言わないが、属性的に厳しいと思うのだ……だから、ここで待っていてもいいか？』

珍《めずら》しくイフリアが弱音を吐いていることに、アタルとキャロとバルキアスは驚いている。

「いや、気持ちはわかるんだが……」

「そ、そうですね……」

『あー、うん』

驚いた結果、そんな曖昧《あいまい》な言葉を返すことしかできずにいる。

滅多《めった》にないことであるため、三人ともに反応に困っていた。

「え、えっと……それに関してですが少し私の方からお話を……」

横から割って入る形になったため、フランフィリアは説明しても大丈夫か？　と確認をするような視線をアタルに向けている。

「あぁ、頼む。俺たちは今回が初めてのことだから、あの薬についてわからないことが多い」

もちろん経験者のフランフィリアの意見には耳を傾《かたむ》けるつもりであり、話してくれるよう促《うなが》す。

「それではまず確認から……イフリアさんはフレイムドレイクで、火の属性を持つ精霊種《せいれいしゅ》ということで間違いありませんね？」

いまだ信じられないのかドキドキした様子のフランフィリアからの問いかけにイフリアがコクリと頷く。

「イフリアさん程《ほど》の高位の精霊種ではありませんが、私の友人が火の属性を持つ精霊と契《けい》約《やく》していたことがあります。その友人も、ともに海底神殿に向かったうちの一人なんです」

『ほう』

実際に他の火の精霊も潜ったとなれば、かなり参考になる話であるため、イフリアは興味深く相槌《あいづち》をうった。

「その時も精霊にも一緒に薬を飲んでもらいました。薬の効果は精霊に対しても問題なく効力を発揮します」

『ふむふむ』

これはイフリアにとって、朗報である。

「そして、この薬の効果というのは、水の中で水属性の影響《えいきょう》を受けずに行動ができるというものです。その効果はもちろん火の精霊にも適用されました！」

このことによって、イフリアも問題なく水中で行動できることが証明された。

『う、うむ、いや、しかし……』

それでもイフリアは海中で行動するということに抵抗《ていこう》がある。

これまで水というものはなんとなく避《さ》けて生きてきたため、不安は拭い去《さ》れないようだ。

「海中での行動はずっとするというものじゃない。神殿に到着すれば空気はあるんだろ？」

「はい、そのとおりです。神殿では空気があって、地上と同じように行動することができます」

フランフィリアの話を聞いてアタルは頷く。

「ということだから、イフリアもあの薬を飲めば水の中に入っても問題はないし、水の中にいるのも道中だけだ」

『だが……』

それでも何とか理由をつけようとするイフリアに、ここで言い聞かせなければだめだと判断したアタルは目をしっかりと見つめて話をする。

「俺たちには、お前の力が必要だ。俺もキャロもバルも戦う力は十分に持っている……だが、お前がいれば安心して戦える」

真剣《しんけん》に、でも簡潔にアタルは真実だけを告げる。

前衛のイフリアがいるからこそ最強の攻撃《こうげき》を放つこともできるし、巨大《きょだい》な敵を相手にしても正面からやりあうことができる。

「そうですっ、イフリアさんがいると大きな相手が出てきても怖くないですっ！」

『一緒に行こうよ！』

キャロとバルキアスもアタルの言葉を援護《えんご》する。

『そ、そうか？　う、うむ……そこまで言うなら、行ってみるとするか』

三人が自分を必要としてくれていることは、イフリアの承認《しょうにん》欲求を満たし、水への嫌悪《けんお》感《かん》をも上回った。

その様子を見た他の四人は心の中でガッツポーズを作っている。

「それじゃ、早速その薬を飲んでくれるか？」

『わかった……うぐっ』

今度はなんの抵抗もなく薬を飲み込んでいくが、やはり味は最悪なため、口に含《ふく》んだ段階で辛そうな顔になっている。

「さて、これでみんな薬を飲んだな？」

アタルが確認すると、全員が無言のまま頷く。

ここまでくるとイノリアの顔にも迷いはない。

「それじゃ……行くぞ！」

「はいっ！」

「承知しました！」

『うん！』

『あぁ！』

アタルの声かけに、全員が返事をし、そのまま水の中へと飛び込んでいく。

次々にボチャンッという音をたてて水の中に入った一行だが、通常の水中とは異なる感覚に驚きを隠《かく》せずにいた。

まず、水の中にいるというのに身体が濡《ぬ》れていない。

薄い膜のようなものに身体を包み込まれており、少しひんやりとする程度である。

そして、普通に呼吸ができている。

そういうものだとは聞いていたが、それにしても水中での呼吸は違和感《いわかん》が強い。

「これは、すごいな……」

「話すこともできるんですね！」

水中で、どうやって声の振動《しんどう》が相手に伝わっているのかわからなかったが、アタルたちは声によるコミュニケーションをとることができており、そのことにも驚いている。

『すごいすごい！　なんか変な感じ！』

初めての感覚にバルキアスは、はしゃいで水の中を泳ぎまわっている。

『ふむ、確かにこれなら水の影響を受けずに動くことができるようだ』

ギリギリまで水の中に入るのを拒《こば》んでいたイフリアはだったが、移動してみたり、翼《つばさ》や手を動かしてみたりして、水の中でも問題なく動けることを確認できたことで安心していた。

「動きに関してはすぐに慣れると思いますが、難しいのは戦闘《せんとう》かもしれませんね。身体は影響を受けないとしても、攻撃の際の動きや、魔法、それに武器などは恐らく水の影響を受けてしまうと思います」

フランフィリアの得意武器といえば弓だが、水中でいつものように矢を放っても水の抵抗によって速度を落とし、相手に到達《とうたつ》する前に失速してしまう。

「なるほどな。キャロの剣《けん》なんかは水の影響を直《じか》に受けるかもしれないな……」

「ですね……」

キャロは試《ため》しに水の中で剣を振るってみるが、やはり水の抵抗を受けるため、いつものような剣速を出すのは難しいようだった。

「――っと、そんなことを話していたら魔物《まもの》のお出ましだぞ！」

いち早く気づいたアタルがみんなに声をかける。

まるで海中にアタルたちが入ってきたのがわかっていたかのように、魔物が集まってきていた。

現れたのは角の生えた魚の魔物で大きな魚に手足の生えたサハギンや人を呑《の》み込むほどに大きな貝の魔物、青く輝く水のような身体を持つ、見た目はまるで馬の魔物などがいる。

どれも地上では見たことのないタイプの魔物だった。

「どれも単純な強さはそれほどでもないはずです、ですが水の中なのでご注意を！」

フランフィリアの注意を聞いて、みんなが攻撃準備に入ろうとする中、既《すで》にアタルは銃を構えて攻撃に入っていた。

「いけ」

まずは通常弾《だん》、数秒あけて爆発《ばくはつ》の魔《ま》法弾《ほうだん》を発射する。

最初の弾丸では水の影響がどこまであるのかを確認する。

通常弾はまっすぐ進んでいき、魚の魔物へと向かっていく。

神の武器であるため、水中での影響は比較的《ひかくてき》少なめではあったが、それでも勢いは水によって殺されてしまい、軽々と避けられてしまった。

「やっぱりか……」

アタルはこの結果を予想していた。

だからこそ、二発目の弾丸は別の魔法弾を選択《せんたく》していた。

こちらの弾丸もあっさりと魚の魔物に避けられてしまう、がそれでは終わらない。

「魔法、発動」

ちょうど魚たちの中心にいったあたりで弾丸が魔法を発動させ、大きな爆発が巻き起こる。

水中でも渦《うず》を巻いて周囲を巻き込むように発動した魔法弾によって、多くは爆発に呑み込まれた。

爆発をなんとか回避《かいひ》した魚の魔物も、今まで経験したことのない水中での巨大な音によって内耳《ないじ》を強く刺激されて意識を失ってしまった。

「す、すごいですっ」

魚の魔物は合計で十体ほどいたが、アタルはたった二発の弾丸で一網打尽《いちもうだじん》にしていた。

「爆発による攻撃、それと音による衝撃、これがうまくいったみたいだ。音は結構有効みたいだな。他の魔法糸の弾丸がどうなるのかも試したいところだが……」

アタルがそう呟いた時には、魔物たちも彼《かれ》の危険性を理解して集団で襲《おそ》いかかっていく。

「おっとっと、さすがに相手のほうが水の中での動きは速いな」

ラルフの作った薬のおかげでアタルたちはいつものように水の中で動ける。

しかし、水中を得意とする魔物の動きはそれ以上である。

しかし、すぐにキャロとバルキアスとイフリアが立ちはだかった。

「させません！」

キャロは水の影響を受けないように、武器に魔力を流して自らの身体と一体化させていた。そしてサハギンへと向かっていく。

『いくぞおおお！』

バルキアスは自らの肉体が武器であるため、そのまま馬の魔物へ向かって海中を疾走《しっそう》する。

『あの貝はこちらで何とかしよう』

イフリアは子竜《こりゅう》サイズのまま貝の魔物にとりついた。

通常の攻撃が簡単には通らないことは、分厚い貝の身体から容易に想像ができていた。子竜のサイズであれば尚更《なおさら》である。

ゆえに打撃《だげき》でも爪《つめ》でも牙《きば》でもなく、別の方法で貝を倒《たお》すことにする。

『海中での炎《ほのお》の魔力はいかがなものかな？』

掌《てのひら》に魔力を集中させて、それを貝の身体へと流し込んでいく。

強力な熱によって貝は内側から茹《ゆ》だって真っ赤になっていた。

サハギンはキャロによってあっという間に斬《き》り倒され、馬の魔物はバルキアスに吹《ふ》き飛《と》ばされて気絶し、貝の魔物はイフリアの目論見《もくろみ》どおり内から熱でやられていた。

「す、すごい。キャロさんは魔力の操作が格段に上手になっています！　それに、バル君とイフリアさんもあっという間に……」

フランフィリアはキャロたちの実力に目を丸くして驚いている。

今回の依頼《いらい》に参加すると宣言した時には、自身も役に立つつもりでいたが、この戦闘においてフランフィリアは一歩も動くことができなかった。

「まあ、あれくらいはな。俺《おれ》たちがこれまでに戦ってきた相手を考えれば、いつもどおりの結果さ」

もちろんアタルも心の中では三人のことを褒《ほ》めている。

しかし、それは口にせずに油断をしないように自分にも言い聞かせていた。

「みなさん、とんでもない実力をもっていますね……」

「これでも上と戦うには足りないくらいなんだが……ちょっと待ってくれ。俺の攻撃が音を出しすぎたみたいだ」

爆発の魔法弾によって出した音は、他の魔物を引き寄せてしまったようで、魚の魔物が先ほどの何倍も集まってきていた。

「いきますっ！」

『やるよ！』

『ふむ、数が多いな』

キャロたちはアタルの指示を待たずに既に動き出している。

「待った待った、もう少し俺も海中での戦いを試してみたい。こいつらは俺に任せてくれ」

そう言うとアタルはハンドガンを両手に構える。

キャロ、バルキアス、イフリアはその意思を尊重して下がった。

「いくぞ！」

近い魔物には通常弾を連続で発射していく。

短距離《たんきょり》であれば水の影響を受けにくいという判断であり、それらは全て見事に魔物の頭部を撃ち抜いている。

「す、すごい……」

的確な攻撃にフランフィリアは驚きを隠せない。

「リロード！」

次は炎の魔法弾。

水中で炎が一体どうなるのかを確認しておきたかった。

これは避けられる可能性を考えて、アタルは自身の魔力を弾丸自体に流し込んでコーティングする。

アタルの魔法弾は弾丸が相手に触れた時に魔法が発動される。

ゆえに、水中でも炎が消えることはなく、着弾《ちゃくだん》と同時に魔物が燃え上がった。

「これは使えるな。リロード！　フランフィリア、万が一に備えて魔力の障壁《しょうへき》を張ってくれ！」

「しょ、承知しました！」

次は雷《かみなり》の魔法弾を弾倉《だんそう》にいれて発射する。これを使うのは一種の賭《か》けだった。

アタルのイメージでは雷は水の中を伝播して、離《はな》れている場所にまで影響を与《あた》えるのではないかという懸念《けねん》がある。

しかし、魔法がそれと同じ動きをするのかもわからない。

だから、雑魚《ざこ》を相手にしているうちに試しておくことにした。

「いけ！」

連続で十二発の雷の魔法弾が魔物へと向かっていく。

着弾と同時に魔法が発動する――が、雷は伝播せず、魔物とその周囲にだけ限定された状態で魔法ダメージを与えていた。

「なるほど、いや、もしかして……」

今回、弾丸を発射する際にアタルは魔物とその近くにだけ魔法が発動するように考えながら撃ちだしていた。

「次は、これだ！」

発射したのは今度も同じ雷の魔法弾。

しかし、先ほどよりも広い範囲《はんい》で発動するように強くイメージして、弾丸の数も半分の六発に制限している。

「どうだ？」

着弾すると、先ほどよりも広範囲《こうはんい》に雷魔法《かみなりまほう》が発動して、一体倒すと同時に周囲の魔物を巻き込んで一気に倒していく。

「今までは意識してこなかったが、これはなかなか面白《おもしろ》いな」

地上では、全力での攻撃が多かったため、効果範囲の調整は考えたことはなかったが、今回のように同じ魔法弾でも細かな調整ができるのであれば、例えば森の中でも炎の魔法弾を木に燃え移る心配をせずに使うことができる。

「これは収穫《しゅうかく》だったな。さて、残りも倒していくか」

水中で自由自在に身体《からだ》を動かせることが楽しく、アタルはまるで舞《まい》を踊《おど》っているかのように軽《かろ》やかな動きで、残った魔物たちを撃ち抜いていた。

「す、すごいです。あんなにあっさりと、あれだけの数を倒すだなんて……」

改めてアタルの戦いぶりを見たフランフィリアは、あまりの凄《すご》さに呆然《ぼうぜん》としている。

以前の戦いでは見られなかった新しい武器を使うことで、取り回しの良さから連続攻撃を行うことができている。

遠距離《えんきより》攻撃《こうげき》だけでも十分すぎるほどに強力だったアタルの攻撃だったが、近距離での攻撃方法を手に入れたことで攻撃手段が幅広《はばひろ》くなっており、更《さら》なる強化が図られていることにフランフィリアは驚いていた。

「あ、あの、キャロさん。最近のアタルさんはあのように先頭に立って戦うのですか？　スタンピードの時、最後以外は援護に徹《てっ》していたかと思いますが……」

「ええっと、いつもは援護に回って私たちの成長を促してくれていますっ！　恐らく今回は特殊《とくしゅ》な環境下《かんきょうか》での戦いになるので、動きと武器に関して確認をしていたのだと思いますっ！」

キャロはアタルの考えを読んで、フランフィリアの問いかけに答える。

これは的確に彼の心の内を捉《とら》えており、正解を口にしていた。

「やっぱりキャロは俺のことをわかっているみたいだな。まあ、あとは水の中での戦いが思っていたより面白かったってのもある。いや、水中なのに自由自在って変な感じで面白いな」

そもそも水の中を自由に動けるというだけで珍しいことであり、そこで自在に銃を撃つという経験は得難《えがた》いものであった。

「うふふっ、アタル様が楽しそうでよかったですっ！」

いつもより、やや興奮気味のアタルを見て、キャロは笑顔《えがお》になっていた。

「……二人は変わりませんね。いえ、強さは格段に上がっていると思います。戦闘パターンも広がっているし、新しいお仲間も強いですし……でも、お二人がずっと仲良く、新しいものに感動して、すごく前のままで安心しました！」

実力の差を感じ取っていたフランフィリアは、二人との距離が大きく開いたように感じて、どこか寂《さび》しさを感じていた。

しかし、二人が変わっていないことがわかって、その寂しさも払拭《ふっしょく》されていた。

「そうか？　まあ、よくわからないが安心してくれたんだったらよかった。戦いが始まってからはちょっとうかない顔をしていたからな」

「ですねっ！」

アタルもキャロもフランフィリアの表情の変化を感じ取ってはいたが、ここまであえて触《ふ》れずにいた。

しかし、彼女《かのじょ》の顔からその憂《うれ》いがなくなったようなので、今度はあえて口にしている。

「そ、そうですか？　顔に出ていたなんて……でも、もう大丈夫《だいじょうぶ》です！　戦いの面ではみなさんには及《およ》ばなそうなので、それ以外の部分でお手伝いをしていきますね！」

セーラが言っていた、フランフィリアの魔力《まりょく》回路の傷。

それは彼女の実力を大きく制限しており、戦闘面において彼女に暗い影《かげ》を落としていた。

その思いは過去に一度断《た》ち切《き》っていたはずだったが、以前ともに戦ったアタルたちの成長度合いを見て、再び思いが蘇《よみがえ》っていた。

「フランフィリア、ここまで一緒《いっしょ》に来てくれて俺たちは十分助かっている。フランフィリアがいなければ、海底神殿の場所はわからないし、海底神殿に入ることもできない。だから来てくれただけで感謝している。戦いに関しても今は俺たちだけで倒せたが、何かの時には活躍《かつやく》してもらう場面もあるはずだ」

アタルは何の気なしにさらりとそう告げる。

加えて、アタルは彼女の氷魔法の実力も信頼《しんらい》しており、制限があるとはいえ、いざとなれば彼女の力もあてにしたいと思っていた。

そんなアタルの隣《となり》でキャロが何度も大きく頷いている。

「ありがとうございます……」

二人の想《おも》いはフランフィリアに伝わっており、ホロリと涙《なみだ》が零《こぼ》れた。

「……きっとフランフィリアの力はこの先で必要になってくるさ」

アタルはどこか確信めいた風にそんなことを呟《つぶや》くが、涙を拭《ぬぐ》うフランフィリアの耳には届いていなかった。

「それに、本当にすごいのは俺じゃなくて、キャロやバルやイフリアだ」

そんなアタルの言葉に三人の視線が集まる。

「俺はいつも後方で攻撃をするだけだが、キャロとバルは、もう一人の冒険者《ぼうけんしゃ》と一緒に三人でブラックドラゴンと接近戦でバチバチやりあっていたからなあ……」

「ブラックドラゴン⁉」

とんでもない相手と、たった三人で戦っていたと聞けばフランフィリアも目を丸くする。

「あ、あれは一緒に戦ってくれた冒険者の方がすごかったんですよっ。ね、バル君？」

『うん、あの人すごかった！　名前忘れたけど！』

「Sランク冒険者のフェウダーだな。確かにあいつも強かった」

サラッと紹介《しょうかい》するアタルの言葉に、これまたフランフィリアは驚いている。

「え、Sランクの冒険者と一緒に戦ったのですか？」

自らもそうだったが、世界でも数えるほどしかいないといわれているSランク冒険者。

そのうちの一人と肩《かた》を並べて戦った。つまり、キャロとバルキアスもそれだけの実力を持っているということになる。

「イフリアにいたってはオニキスドラゴンとガチで殴《なぐ》り合ったからなあ」

『うむ、あれはなかなかいい経験だったな』

アタルの言葉に、ふふんと胸を張るイフリアはあの戦いを思い出して、頷いている。

「えっ、ええええええっ？　オ、オニキスドラゴン⁉」

フランフィリアもギルドマスターであるため、宝石竜のことは知っている。

しかし、実際に見たことはなく、見たことがあるという情報も聞いたことがなかった。

今、この時までは……。

「あ、あの宝石竜と戦ったというのですか？　しかも、イフリアさんが、殴り合ったって、あの身体で、ですか？　小柄《こがら》な身体に怪力《かいりき》パワーということなんでしょうか？」

フランフィリアはイフリアの本来の姿を知らないため、このような質問をするのも当然だった。

「まあ、イフリアの力については実戦の中でわかっていくだろ」

「それと、オニキスドラゴンと殴り合ったのはイフリアさんですけど、最終的にとどめの攻撃を放ったのはアタル様なんですよっ！」

自分たちだけが持ち上げられていたため、キャロはここで反撃《はんげき》――ではなくアタルの凄さを伝えようと彼のことを話していく。

「ア、アタルさんがとどめを⁉」

本日一体何度目かというほどの驚きに見舞《みま》われたフランフィリアは、驚き疲《づか》れをしながらも、それでも驚かずにはいられない。

「いや、まあそれもイフリアと俺の協力攻撃だから、どちらかが欠けていたら成立しなかったんだけどな」

自分だけの力ではないことを強調しようとするアタルだったが、これはフランフィリアには逆効果だった。

「ひ、否定しないのですね。つまり、協力したとはいえ、あのオニキスドラゴンをアタルさんが倒した、と……！」

本当に実在するのかも疑われていた世界に存在する魔物の中でも、最強クラスと言われている宝石竜の一体、オニキスドラゴンと戦っただけでなく、自らの攻撃で倒した。

そんなとんでもない事実を前にして、フランフィリアは茫然《ぼうぜん》とするしかなかった。

「さて、ここにずっといても魔物を引き寄せるだけだから、海底神殿《しんでん》に向かうとするか」

「はいっ！」

「わかりました、こちらです」

アタルに言われて、一行はフランフィリアの先導で更に深く深く潜《もぐ》っていく。

道中では何度か魔物との戦闘があったが、アタルたちによって瞬殺《しゅんさつ》され、行く手を遮《さえぎ》るほどの脅威《きょうい》にはなりえなかった。

それから時間にして十分程度で、建物が見えてくる。

「あれです。あそこにあるのが海底神殿……っ⁉」

あと少しで到着《とうちゃく》する――その瞬間《しゅんかん》、神殿とアタルたちの間にゆらりと何やら大きな影が割り込んできた。

「GUGYAAAAAAAAAAAAAAAAA!」

水中であっても、その大きな影の叫《さけ》び声《ごえ》はハッキリとアタルたちの耳に届く。

「デカいな」

「あれは、シーサーペント!」

それの正体を知っていたのはフランフィリア。

海の魔物で、海蛇《うみへび》とも呼ばれる細長い身体を持った竜。

海にいる魔物の中でもかなり強力な魔物であり、サイズもアタルたちよりはるかに大きく、しかもそれが三体いる。

「青龍《せいりゅう》と同じ系統みたいだな」

西洋タイプの竜は、ドンと大きな身体をしている。

対してシーサーペントは青龍のような和竜タイプの細長い身体をしていた。

「せい、りゅう? 似た魔物を見たことがあるのですか?」

アタルたちは四神の一柱である青龍との戦闘経験があるため、四人ともがこのタイプの竜のことを知っていた。

神である青龍と戦ってことによって、明らかに実力で劣《おと》るシーサーペントに対しては、誰《だれ》も恐《おそ》れを抱《いだ》いていない。

しかし、唯一《ゆいいつ》青龍との戦闘経験がないフランフィリアは、危機感を覚えている。

「少しな……それよりもどうやらあいつらは俺たちを通すつもりはないようだぞ。神殿の守り手といったところか……フランフィリア、戦闘になるがいけるか？」

敵の数は三体、一人でも多くの手が欲《ほ》しいため、この質問を投げかける。

「も、もちろんです！　私もそのために来ましたので！」

アタルの質問にフランフィリアが動揺《どうよう》しながらもしっかりと頷《うなず》いた。

しかし、アタル、キャロとともに戦った防衛戦以降は戦闘をしておらず、彼女にとって久しぶりの戦いであるため、どこか緊張《きんちょう》が強い。

「あー……そうだな、一つ助言をすると――」

「助言をすると？」

アタルの言葉にフランフィリアは緊張した面持《おもも》ちでオウム返しする。

「もっと笑顔になれ――行くぞ！」

どういう意味で言っているのか、説明もないままにアタルは戦いを開始する。

それは、シーサーペントたちが会話の終わるのを待たずに動き始めたためだった。

弓を構えたフランフィリアはアタルの言葉の意味が理解できず、最初は戸惑《とまど》ったが、向かってくるシーサーペントと立ち向かっていったアタルの背を見ながらその意味を考え始めた。

そちらに意識が向いていたため、いつの間にか彼女の肩の力は抜けていた。

「バルとキャロは、さっきと同じく近接で頼《たの》む。イフリアも近接だが、シーサーペントと同サイズくらいで戦ってくれ。フランフィリアは……自由に動いてくれ。俺も自由に動く」

アタルの指示をうけた面々が一斉《いっせい》に散開し、その通りに行動していく。

連係《れんけい》のとれた動きを見せるアタルたちに、フランフィリアだけはどうしたものかとオロオロするが、そこは現職ギルドマスター。

すぐにこの場での最善手を考えて弓を構えていた。

「さて、お手並み拝見といこうか」

そんなフランフィリアを見たアタルは、ふっと口元で薄《うす》い笑《え》みを浮《う》かべながら気配を消して水に溶《と》け込むかのようにしていく。

キャロもバルキアスもここに来るまでの戦いで、水中での戦闘感覚を掴《つか》んでおり、素早《すばや》い動きでシーサーペントに接近し攻撃を繰《く》り出《だ》している。

水中でこれほどに的確な攻撃をしてくる相手は今までいなかったため、シーサーペントは動揺していた。

「GA、GA⁉」

しかし、頭は悪くないらしく、二人と近接戦闘するのはまずいと判断し、水の壁《かべ》を生み出して距離をとっていく。

しかし、そこにフランフィリアが放った矢が飛んでいく。

水中で影響を受けないように魔力で作り出した矢であり、速度は落ちずに見事シーサーペントの額に命中した。

「GYAU！」

致命傷《ちめいしょう》ではないが、痛《いた》みを与えることでシーサーペントの動きを止める。

「……あっちは大丈夫そうだな。イフリア！」

『こちらは任せろ！』

イフリアはシーサーペントを単独で相手するつもりであり、シーサーペントの頭部に拳《こぶし》をぶち込んでいた。

「よし、となると残り一体は……なんだ？　俺の目がおかしいのか？　残ったやつは一体だけ色違《ちが》いな気がするんだが。しかも、サイズが大きくないか？」

それは見間違《みまちが》いではなく、アタルが相手をする一体は特異的に成長したシーサーペントの亜種《あしゅ》。身体の色はやや黄金に輝《かがや》いている。

「全く、貧乏《びんぼう》くじを引いたもんだ……だが、あいつらにだけ活躍させるわけにもいかないか」

アタルは最初に魔眼《まがん》で相手の様子を探《さぐ》っていく。

内包している魔力量は他《ほか》の個体よりも多い。

水中での身のこなしを見る限りでは、速度は一段上。

さすがに青龍と比べれば見劣《みおと》りはするが、他の個体と比較《ひかく》して総合力で頭一つ二つ抜《ぬ》けているのは間違《まちが》いなかった。

「とりあえず、色々撃《う》ちこんでみるか！」

そう言って、アタルはハンドガンを取り出して構える。

既に巨大シーサーペントとは目があっており、気配を消す意味もない。

戦っているこの場所には隠れる岩場などもなく、開けている。

狙《ねら》いをつけてライフルで狙うのも回避されてしまう可能性が高い。

ならば、とハンドガンによる手数勝負を挑《いど》むことを選択する。

「それじゃ、弾《たま》が尽《つ》きるまで付き合ってもらおうか」

弾丸が尽きることは決してないが、そこまで攻撃をし続けるという意思表示を言葉として表していた。

「行くぞ！」

まずは、通常弾を十二発。こちらはけん制の意味で。

次に、炎の魔法弾を十二発。水の属性であるシーサーペントに対する属性を。

更に、爆発の魔法弾を十二発。音と爆風《ばくふう》でのダメージを。

最後に本命、雷の魔法弾を十二発。とどめの攻撃としてこれを選択する。

それらを休むことなく撃ちこんでいく。

アタルの攻撃は特殊なものであり、これまでこのような攻撃をしてくる敵を相手取ったことのない巨大シーサーペントは戸惑っている。

しかも、ただの通常弾であっても、それなり以上の威力《いりょく》を持っており、巨大シーサーペントへと徐々《じょじょ》にダメージを与えていく。

「GUOOOOOOOOOO！」

これはたまらないと、シーサーペントは雄《お》たけびをあげながら、身体をその場で回転させて、強い水流を生み出すことでアタルの弾丸を防ごうとしていた。

事実、何発かはその目論見どおりに、威力が抑《おさ》えられて水中に浮いてしまっていた。

しかし、それらは全《すべ》て魔法弾であり、まだ魔法の効果を発動していなかった。

「魔法、発動」

アタルの言葉と同時に魔法が発動していく。

水中で炎が燃え盛り、爆発が巻き起こり、更に雷がシーサーペントへと襲いかかる。

「GUAAAAAAAAAAAA！」

防いだにもかかわらず、四方八方から襲い来る魔法攻撃《まほうこうげき》に、これはたまらんと、苦しさがこもった声をあげて、身をよじらせている。

「あれでも倒しきれないのはさすがだな」

これが通常のシーサーペントであれば、既に倒しきれていたはずだった。

「GURRRRR」

だが、アタルが相手取っているのはシーサーペントの亜種であり、あれでは終わらない。

ダメージを受けた今でも目をぎらつかせて、アタルの命をとろうと睨《にら》みつけている。

「GUAAAAAA！」

そして、身体をくねらせて水中をものすごい速度で移動して、アタルへと真っすぐ向かってきた。

「おー、これはすごい速さだ」

それに対してアタルはその場から動こうともしない。

今更《いまさら》少し動いたところで、巨大シーサーペントの速さによる攻撃は避《さ》けることができないと判断していた。

加えて、アタルは仲間の状況《じょうきょう》を把握《はあく》しており、そんな彼らを信じていた。

『させんわあああああ！』

巨大シーサーペントの突進《とっしん》を遮ったのは更に大きくなったイフリアだった。

「よう、来ると思っていたよ。あれくらいの敵だったらお前の相手にならないだろ？」

イフリアが相手をしていたシーサーペントは、彼の攻撃によってあっさりと倒されていた。

『デカイだけではな……にしても、こちらはアレと比べて、かなりの強さとサイズのようだ』

大きさだけでなく力も兼《か》ね備《そな》えている亜種だとイフリアも感じ取っていた。

「あぁ、かなり強いな。ダメージはある程度負わせたんだが、あとは頼めるか？」

『承知！　ぐおおおおおおお！』

イフリアはアタルの問いに即答《そくとう》すると、巨大《きょだい》シーサーペントを思い切り掴んで、力を込めていく。

「GYA、GYAGYA！」

痛みに耐《た》えかねて声をあげる巨大シーサーペントだが、イフリアの攻撃はただの力任せだけではない。

『燃えて、しまえええええ！』

炎属性の精霊種《せいれいしゅ》であるイフリアによる、直接の炎の魔力《まりょく》攻撃は巨大シーサーペントを身体の中から焼き尽くし、ついには動かなくなる。

こうして、アタル、イフリアペアはそれぞれの相手を撃退《げきたい》していた。


一方で、キャロたちもシーサーペントを追《お》い詰《つ》めている。

バルキアスは死角から距離を詰めて思い切り体当たりしたことでシーサーペントは近くの岩に身体をぶつける。

「ＧＡＡ！」

背中から身体をぶつけたシーサーペントは声と共に体内の空気を吐《は》き出す。

「いけえ！」

そこにフランフィリアが魔法矢を放っていく。

「ガガガアアアアアアアア！」

その矢は開いたシーサーペントの口の中に入っていき、柔《やわ》らかい口腔《こうこう》内の粘膜《ねんまく》に突《つ》き刺《さ》さっていく。

口の中とあってはシーサーペントも突き刺さった矢をどうこうすることはできずに、のたうち回っていた。

「さすがだな」

アタルはフランフィリアが自然とキャロたちの連係に入っていることに感心していた。

「せいっ！」

苦しんでいるシーサーペントにキャロが攻撃を繰り出す。

次々に振《ふ》り下《お》ろされていく剣戟《けんげき》は止まらず、シーサーペントに大きな傷をつけていく。

二十連ほど攻撃を加えたところでキャロは距離をとった。

『やあああ！』

傷ついた身体をバルキアスが爪で切り裂《さ》く。

「てええい！」

そこへフランフィリアの矢も突き刺さっていく。

「これで、とどめです！」

強く魔力を込めたキャロの一撃《いちげき》、それはシーサーペントの命を奪《うば》う強力なものだった。

「GA、GAA……」

巨大な身体に見合った生命力の強さから数秒は生きていたが、すぐに絶命する。

「お見事」

アタルは三人の戦いぶりに感心しながら、キャロたちのもとへとやってきた。

「いい連係だった。力をセーブした状態であれだけやれれば十分過ぎる」

「アタル様っ！　ありがとうございますっ！」

キャロはアタルに褒められたことで笑顔になっており、バルキアスも隣で尻尾《しっぽ》を大きく振っている。

「イフリアもいい戦いぶりだったぞ」

『ふっ、当然だ』

巨大シーサーペントにとどめを刺したイフリアを称賛《しょうさん》することも忘れない。

三人ともがアタルに褒められて、喜びを覚えている。

「フランフィリアもいい攻撃だった。水中だから魔力矢を、そして表皮は堅《かた》いから口の中を攻撃したのはいい目のつけ所だった……フランフィリア？」

しかし、褒められたはずのフランフィリアは固まっている。

「どうかしたか？」

アタルの声かけを受けて、ビクリと身体を震《ふる》わせるフランフィリア。

その表情は信じられないものを見たといった様子だった。

「ど、どどど、どうかしたか？　じゃないですよ！　戦闘《せんとう》中ということで流しましたが、なんですかアレ！　なんでイフリアさんはあんなに大きくなったんですか！　キャロさんもバルキアスさんもあれだけ大きな相手にひるまずに向かいすぎです！　なんであんなに動いている相手に的確に攻撃を当てられるんですか！」

全てのシーサーペントが倒れたことで、フランフィリアの中の驚《おどろ》きや疑問が次々に口をついて出ていた。

「お、おう。ま、まあ落ち着いてくれ。どうどう」

「う、馬じゃないんですからやめて下さい！　落ち着いて、は、いませんが話はちゃんと聞いていますから！」

勢いそのままフランフィリアがアタルに言葉を返す。

「あ、あの、とりあえず神殿の中に入りませんか？　シーサーペントがあれだけとは限りませんし、他にも守護的な魔物《まもの》がいるかもしれませんよ？」

引く様子のないフランフィリアを見たキャロが、見かねてそっと進言する。

キャロの言葉を受けたフランフィリアは冷静さを取《と》り戻《もど》して、周囲を軽く見回し、現状を再認識《さいにんしき》すると顔を赤くしながら小さく頷く。

「……すみませんでした……行きましょう」

明らかに冷静でいられないことを再度自認《じにん》して、何を優先するべきか考えたフランフィリアは自分のことが恥《は》ずかしくなっていた。

「まあ、疑問に関しては中で話す。中に入っていきなり戦闘とかになったら……またあとでな」

フランフィリアはアタルとキャロにとって魔法の師匠《ししょう》であるため、多少の秘密を話してもいいと思えるだけの関係であった。

「すでにバルとイフリアが話せるのも知られているしな……」

この点も含《ふく》めて、彼女にならある程度の情報を出してもいいかと判断している。

水中を進み、神殿の前に到着する一行。

「これは、結界が張られているのか？」

神殿自体がすっぽりと何かの力に覆《おお》われており、アタルが手を触れると、それ以上の進行は結界によって阻害《そがい》されていた。

「そのとおりです。これは基本的には魔法や武器では破れない仕様になっています。特別なアイテムを持っているか、中にいる神様に認められた者と、その同行者のみが入ることを許可されています」

そう言うと、フランフィリアは結界に触れて何かを念じる。

彼女の額が小さく光って、結界と反応し、まるで扉《とびら》が開くかのようにフランフィリアより少し大きいサイズに結界が部分的に解除される。

「さあ、みなさん入って下さい。私が結界に触れている間は開いていますので……」

「了解《りょうかい》」

「はいっ！」

『うん！』

『面白い結界だ』

アタル、キャロ、バルキアス、イフリアの順に結界の中へと入っていき、それを確認《かくにん》したフランフィリアも中に足を踏《ふ》み入《い》れて結界が閉じていった。

第三話　海底神殿

「すごいもんだな。こんな海底に空気があるなんて……強力な障壁に隔たれているからなのか？　いや、そもそもこの空気はどこから生まれているんだ？」

これまでもいくつもの非現実的なものに遭遇《そうぐう》してきたアタルだったが、環境面《かんきょうめん》でこれほどに不思議な状況はそうそうあるものではなく驚いている。

日本で生活していた頃《ころ》には絶対に遭遇しえなかった光景に興味津々《きょうみしんしん》だった。

「ふふっ、アタルさんでもそんなに驚かれることがあるんですね。この神殿は持ち主である神様が強力な魔力で結界を作り出しています。そのため、外とは環境が大きく違うのです」

意外なアタルの一面を見てほほ笑んだフランフィリアは、以前神殿に来た時に聞いた情報を説明していく。

「それと、空気の件ですが……これは多分空気の木が何本かこの神殿内にあるんだと思います。我々がここに来る前に摂取《せっしゅ》した薬の材料になった空気の実。あれは、大量の空気を吐き出す空気の木になる実なのです」

「ほほー」

そんなものがあるのかとアタルは再び驚くこととなる。

「アタル様、空気の木は地上ではその効果がわかりづらいのですが、こと水中となるとその効果がわかりやすく発揮されているのだと思います。なにせ空気がありませんからっ」

キャロも空気の存在を知っており、地上で見られる空気の木が注目されない理由を口にする。

この世界では空気中に含まれる成分分析などというものは存在しないため、地上での空気中の変化には気づきにくい。

しかし、この場所のような海底神殿で、更には障壁が張られていることでその効果はそんな知識がなくてもわかるものであった。

「なるほどな。それで、ここに来てはみたものの調査となると……」

アタルは周囲に視線を向けていく。もちろん魔眼に魔力を込めた状態で。

何か変化はないか？　おかしな場所はないか？　と確認していくが、アタルの眼《め》には問題となるようなものは映らなかった。

「見た感じは、普通《ふつう》の――いや普通がどんなのかわからないが、大きな問題は見当たらない神殿って感じだ」

首を傾《かし》げながらアタルがそう呟くが、イフリア、バルキアスの表情はすぐれない。

『見た目には何もなさそうだが、ここには何かがあるな』

『うん、なんか変な感じがする』

霊獣《れいじゅう》、神獣《しんじゅう》の二人が言うことであるため、アタルもキャロも真剣《しんけん》な表情になる。

「お前たちが言うと信憑性《しんぴょうせい》があるな……」

「えっと、それでイフリアさんがサイズを変えられたことに関する説明は……？　それとキャロさんやバルキアスさんの力も……」

ほぼ全員が神殿に起こっている異変に意識が向いている中、フランフィリアは未《いま》だイフリアたちの能力について気になっており、まずはそちらを説明して欲しかった。

「とりあえず奥《おく》に進みながら話をするか」

「お願いします」


そこからはフランフィリアの疑問に答えながら奥に向かっていくことにする。

「イフリアは俺《おれ》と契約《けいやく》している霊獣で種族はフレイムドレイクだ」

「霊獣フレイムドレイク⁉」

博識なフランフィリアはフレイムドレイクのことを知っていた。

知っていたからこそ、これだけの驚きを見せている。

「あぁ、旅をしている途中《とちゅう》である街のギルドマスター候補と仲良くなってな。そこで珍《めずら》しい魔物の情報がないか聞いて山に行ったら、イフリアがいたんだ。最初は戦闘になったんだが……今はこうやって俺たちの大事な仲間になっているってわけだ」

アタルはその時のことを思い出しながら簡潔に説明していく。

『ふむ、長き時を生きて来たが、あの時のことを懐《なつ》かしいと思う気持ちがあるのには自分のことながら驚きだ』

イフリアもアタル同様、契約の時を思い出して懐かしんでいた。

「ふ、ふわあ、す、すごいですね……」

フランフィリアから語彙《ごい》力《りよく》が奪われている。

「バルキアスこと、バル君は私と契約をしている神獣フェンリルですっ！」

キャロがサラッと次の爆弾《ばくだん》を放《ほう》り込むと、フランフィリアは慌《あわ》ててキャロの顔を見て、バルキアスの顔を見て、再度キャロの顔を見てと忙《いそが》しくなっている。

「落ち着けって、まあ神獣と霊獣ってなったら珍しいだろうから仕方はないが」

アタルがフランフィリアの肩に手を置いて、声をかける。

「珍しいなんてもんじゃないですよ！　神獣も霊獣も、会ったことのある人がいるかどうかというレベルなんですから！」

フランフィリアは再び興奮して、自分の驚きを理解してもらおうとする。

「うーん、そうか？　確かに珍しいは珍しいと思うが……」

アタルたちはこれまで一緒に旅をしてきているため、身近な存在となっており、そこまで驚くことなのかと実感がもてずにいた。

「そうなんです！　とにかく、そんな神獣や霊獣と契約しているお二人もとんでもないということです……って、本当に神獣フェンリルと霊獣フレイムドレイクなのですか？　いや、でもそれくらいじゃないとシーサーペントとまともにやれる使い魔《つかま》なんてありえないような……でもでも、アタルさんとキャロさんだったら、もうなんでもありな気も……そう考えると、本当でも違ってもどっちでもすごいような気が！」

アタルたちから聞いた話は、長い時を生きてきたフランフィリアにとっても衝撃的《しょうげきてき》なことであり、あまりに衝撃過ぎたため未だぶつぶつとつぶやいていた。

「あの……アタル様」

キャロはそんなフランフィリアを見て気にかけている。

「……まあ、フランフィリアならそのうち折り合いをつけるだろ。それよりも……いやに静かじゃないか？」

イフリアとバルキアスが不穏《ふおん》な空気を感じているだけに、アタルも慎重《しんちょう》に周囲を探っている。

「音が……しませんね」

キャロは耳をピクピクと動かしながら、小さな音を漏《も》らさずに聞こうとしている。

しかし、何も聞こえてこない。

聞こえてくるのは、外にある海の水音が少しだけだった。

『匂《にお》いも、変わったものはないね』

鼻を揺《ゆ》らしながら歩くバルキアスは嗅覚《きゅうかく》で周囲を探る。

水の匂い、壁などの建造物の匂い。

それはここにきてからずっとしているもので、特段大きな変化はなかった。

『気配も感じられないが、何か違和感《いわかん》があるのは確かだ』

イフリアは明確な何かはわからないが、しかし何かがおかしいと感じ取っている。

「これは……」

そんなことを話しているうちに、フランフィリアが我を取り戻して周囲を見ている。

「前に来た時よりもかなり傷が多いです……それにキャロさんがおっしゃるように、音がしないのもおかしいです。普段《ふだん》は警備の人や人魚などが住んでいて、それなりににぎわっているはずなんですけど……」

記憶《きおく》にある神殿は神聖な雰囲気《ふんいき》はあったが、静まり返って誰もいないということはなかった。

だがいまはアタルたちが移動している音以外には、水の流れる音が聞こえる程度で、人の息遣《いきづか》いなどは感じられない。

「とにかく、奥に……」

アタルたちは周囲への警戒《けいかい》を怠《おこた》らないまま奥に進んでいく。

それから、十分ほど進んだところでキャロが何かに気づいた。

「っ……アタル様っ！　誰かいますっ！」

キャロが指さしたのは進行方向の分かれ道を右に行った場所である。

「行くぞ！」

聞くや否《いな》や、アタルは声をかけて走りだす。

この状況で誰かがいるとなれば、恐らくは先ほどフランフィリアが言っていた警備の者か人魚であると予想がつく。

加えて、神殿の傷などを見る限り戦闘があった可能性が高く、戦闘があったとなれば怪《け》我《が》をしているかもしれない。

ならば、少しでも生存確率をあげるために、早く駆《か》けつけたいと考えていた。

「……いたぞ！」

いち早く発見したアタルが声をあげる。そこには二人の人魚の姿があった。

「ひっ！」

一人はピンクの柔らかいウェーブのかかったロングヘアで、貝殻《かいがら》のようなもので身体《からだ》を彩《いろど》る胸は女性らしく豊満で、下半身が魚のように綺麗《きれい》に輝く鱗《うろこ》に覆われた女性人魚。

垂れ目の大人しそうな顔立ちで、やってきたアタルたちを見て酷《ひど》く怯《おび》えている。

「て、手出しはさせないわよ！」

もう一人は青いストレートのボブヘアで、スレンダーな体型の、同じく下半身が鱗に覆われている女性人魚。

こちらは、内心怯えているようだが、それでもアタルたちをキッと睨みつけて、必死にピンクの人魚を後ろに匿《かくま》っている。

「安心しろ。俺たちは敵じゃない。近くの港町の者から依頼《いらい》を受けて、海底神殿の調査にやってきただけだ。一体何があったんだ？」

できるだけ優《やさ》しい声音《こわね》を心がけつつも状況を知りたいアタルが質問をするが、二人の警《けい》戒心《かいしん》は解かれておらず、彼《かれ》に対して敵対心と怯えを持っている。

「アタルさん、私に任せて下さい……お二人はこの神殿に住んでらっしゃる人魚の方ですよね？　私の名前はフランフィリアと言います。以前、ここの主《あるじ》である海神ネプトゥス様に立ち入る許可をもらった者です」

穏《おだ》やかにほほ笑みつつ、人魚たちに歩み寄ってフランフィリアは額を彼女《かのじょ》たちに見せる。

そこには神からの許可の証《あかし》が薄《う》っすらと浮かんで光っていた。

「あ、ほんとだ！　ライラちゃん、この人たちなら信じて大丈夫《だいじょうぶ》かも！」

フランフィリアの額の印を見たピンクの人魚は、ぱあっと笑顔《えがお》になって、青髪《あおかみ》の人魚のライラへと声をかける。

「ほ、ほんとだ……しゃあ、うん、よかった……はあ」

それまで気を張り続けていたのか、ライラは安心したように肩《かた》の力を抜くと、その場にへなへなと座《すわ》り込んだ。

「ラ、ライラちゃん、大丈夫!?」

「大丈夫、少し疲《つか》れただけよ。フーワこそ大丈夫？」

ライラは自分が疲労《ひろう》しているにもかかわらず、もう一人のピンク髪人魚であるフーワのことを気にかけていた。

それだけで二人が相当仲の良い関係だということが伝わってくる。

「あー、先に確認しておきたいんだが、二人に怪我はないか？　大丈夫か？」

怪我をさせた状態で無理をさせるわけにもいかず、アタルは二人の身体を気《き》遣《づか》う。

「ちょ、ちょっとずっと気を張っていただけだから、怪我は大丈夫よ」

少しそっぽを向くライラは身体を起こしながら、身体は元気であることを確認している。

「わ、私も大丈夫《だいじょうぶ》です。ライラちゃんが守ってくれたので……」

ライラにずっとくっついているフーワも怪我などはないようで、しっかりと頷いていた。

「なら少し話を聞かせて欲しい……一体、何があったんだ？」

アタルはなるべくゆっくりと優しい口調で二人に尋《たず》ねていく。

「えっと、いつもどおりみんなと楽しくおしゃべりしたり、美味《おい》しい物食べたり、そんなふうに過ごしていたの。ここはネプトゥス様の結界に守られているから、みんな危険なことは起こらないだろうって安心して生活しているの……」

思い出すだけで震えるほど怖《こわ》い思いをしたようで、ライラはそこまで言うと、肩を落として暗い顔になる。

「あ、あの、その時に入り口の方からすごくすごく大きな音がして、結界の一部が破られたのだと思うの、それから何か叫び声がどんどん近づいてきて……」

人見知りのフーワはここまでが限界であるようで、言葉をのみ込んでしまった。

「その侵入者《しんにゅうしゃ》の正体は見たのか？」

そこが重要であり、最も聞きたい部分である。

「私たちは見てないわ、でも逃《に》げていく人たちの声だけ聞こえたの。確か、魔族が来たぞとかって……」

それを聞いたアタルとキャロは嫌《いや》な予感に顔を見合わせる。

「まさか、あいつか？」

「あの人、ですかね？」

同時に思《おも》い浮かべたのは同じ人物であり、バルキアスとイフリアも同様に同じ魔族のことを思い出していた。

「心当たりがあるのですか？」

アタルたちの反応を見たフランフィリアは首を傾げながら質問する。

内心では、魔族にまで知り合いがいるのかと、ツッコミを入れたい気持ちに満ちていた。

「まあ、な。決して嬉《うれ》しい心当たりじゃないが……」

「そう、ですね。どちらかといえばあまり会いたくないです、けど、会って決着をつけないといけない相手でもありますっ！」

決意のこもったキャロの言葉に、同意するようにアタルは頷く。

もし想像している人物と同じならば、彼らにとってこれまでに何度も戦うことになっている因縁《いんねん》の相手である。

「そんな魔族が……しかし、あまり見かけない魔族といえど、他の魔族である可能性も考えておきましょう」

アタルとキャロはほぼラーギルであるという確信を持っていたが、フランフィリアは色々な可能性を考えていた。

「あ、あの、みなさんはネプトゥス様のところへ向かうの？」

「ん？　あぁ、そうなるだろうな。神殿《しんでん》に来たからにはその海神にも挨拶《あいさつ》をしておいたほうがいいだろうし、なにより魔族がわざわざ海底にある神殿までやってきて、それで何もしていかないなんてことはないだろうからな……」

フーワの問いかけに頷いたアタルは海神が殺されているかもしれないという、最悪のケースも考えている。

「……アタルさん、恐らくネプトゥス様はご存命だと思われます。あの方が亡《な》くなれば、神殿を守護する結界も消えてしまうので……」

「なるほどな……」

フランフィリアの言葉を聞いてもアタルの表情はすぐれない。

「何か心配事が、あるようですね……」

フランフィリアはアタルの、そしてキャロの表情を見て二人が何かを警戒していることを察する。

「まあ、こればかりは行ってみないとわからないがな……とにかく奥に行ってみよう」

「わかったわ！　私たちが案内する！」

ライラはドンッと胸を叩《たた》いてネプトゥスがいる場所までの案内を請け負《うお》う。

「ラ、ライラちゃん、こ、ここにいようよう……」

ライラの陰《かげ》にずっと隠《かく》れているフーワは未だ恐怖《きょうふ》が抜けきっておらず、ネプトゥスのところまで行って、そこで何かあるのが怖いと思っていた。

「じゃあ、あんたはここで待っていて。私はネプトゥス様のことが心配だから行ってくる！」

アタルたちに会えたことで、ライラは既《すで》に危険がないと感じている。

もし危険があったとしても、ここでじっとしているくらいなら彼女はネプトゥスのもとへと向かうつもりである。

「うぅ、じゃあ私もいくよ。一緒《いっしょ》に行きます！」

涙《なみだ》をいっぱいに浮《う》かべたフーワも覚悟《かくご》を決めた、というよりもここに一人で残されることへの恐怖心《きょうふしん》のほうが強いために、ついてくることを決断していた。

道中では物音がするたびにフーワがビクビクしていたが、特に問題は起こらずに一番奥にある、海神ネプトゥスの部屋の前まで到着《とうちゃく》した。

普段は扉が開かれており、誰《だれ》でもいつでも入っていいと言われている。

しかし……今は、アタルたちが足を止めた数メートル先に厚い壁がある。

しかもただの壁ではない。

「な、なによ、これ！」

「こんなのいつもはないの！」

案内役のライラとフーワは、初めての状況に混乱していた。

「これは……結界？」

しかし、アタルたちは動揺《どうよう》することなく、現状について考えていく。

『ふむ、手前から炎《ほのお》の壁、水の壁、風の壁、雷《かみなり》を纏《まと》った石の壁、魔力《まりょく》による壁、の合計五枚の結界が張られているようだな』

イフリアは目の前の結界をじっと見つめて分析《ぶんせき》する。

「なるほどな、このせいで何も感じ取ることができなかったのか」

アタルも魔眼を使って、結界の構造を調べていた。

複数の結界が張られていることで、音も魔力も匂いも通さないものになっているため、部屋の中がどうなっているのかを判別することができない。

「さて、どうする？」

この結界を突破《とっぱ》しなければ、中に入ることができない。

ならば、これをどうやって結界を解除なり破壊《はかい》なりをするか考えないといけない。

「一気に壊《こわ》すとなると、かなりの力が必要になる。そうなると、建物に大きな影響《えいきょう》を与《あた》えてしまうかもしれないな」

まずはアタルが先に力押《お》し案を潰《つぶ》す。

この海底神殿にこれ以上大きな損傷を負わせるのは忍《しの》びないため、それは選択肢《せんたくし》から外している。

「それならば、一つずつ結界をなんとかしていきましょう。まずは私が……」

フランフィリアは一歩前に出ると手に魔力を集中させていく。

「結界よ、凍《こお》りつけ！」

フランフィリアは氷の魔力を広く展開させていき、一番手前の炎の壁《かべ》を呑み込む。

「お、おぉ。すごいな……」

「すごいです！」

徐々に炎の壁が凍りついていくのを見て、アタルとキャロは感動していた。

最大攻撃力《こうげきりょく》でいえば、アタルたちに分があるが、細かい魔力の使い方は圧倒的《あっとうてき》にフランフィリアが上手である。

「ふう、こんなもんですかね……ど、どうかしましたか？」

アタルとキャロが目を輝《かがや》かせていたため、フランフィリアは反対に戸惑《とまど》ってしまう。

「いやあ、やっぱりフランフィリアはさすがだなあと思って」

「ですですっ！　あんなに綺麗に炎だけを呑み込んで、しかも一瞬《いっしゅん》で凍りつかせるだなんてすごいです！」

二人とも無駄《むだ》のない魔力の使い方に興奮している。

「そ、そうですか？　私にはお二人のほうがすごいと思いますが……」

互《たが》いに相手が持つ自分にないものを尊敬している。

隣《となり》の芝生《しばふ》は青いとはいうが、まさに今がその状態だった。

『さて、次を担当させてもらおうか』

そう言ったのはイフリア。

二つ目の壁は水の壁になる。

更《さら》にその手前に先ほどフランフィリアが凍らせた炎の壁がある。

「どっちもいけるか？」

『無論』

アタルのシンプルな問いかけに、イフリアは力強く即答する。

元々氷の壁と水の壁の両方を自分一人でなんとかするつもりであった。

『それでは少しサイズを変えて……ガアアアアア！』

イフリアは三メートル程度のサイズに変化すると、炎のブレスを発射する。

もちろん、全てを打《う》ち壊すものではなく、氷の壁を溶《と》かして壊し、その奥の水の壁と一緒に一点集中で蒸発させることが狙《ねら》いである。

それゆえに、威力《いりょく》に関しては調整をしている。

氷の壁は順調に溶けていき、次の水の壁も徐々《じょじょ》に蒸発していく。

威力を抑えているため多少時間はかかったものの、ブレスに魔力を込められた魔力によって、結界は確実に解除された。

『ふむ、こんなものか……』

周囲に影響なく二つの壁を解除できたことにイフリアは満足している。

「次は風の壁か……これはどうする？」

アタルが質問すると、キャロがいち早く挙手をする。

「私に任せて下さいっ！」

なにやらキャロには風の壁を突破できる案があるらしく、その目はキラキラと輝いて、目力で自分に任せて欲《ほ》しいと主張している。

「わかった、キャロに頼《たの》もう」

「はいっ！」

元気よく返事をすると、キャロは武器を手に結界の手前まで移動する。

「すーっ」

それまでの元気の良さから切《き》り替《か》え、目を閉じて、大きく息を吸う。

それと同時に魔力を武器に流していく。

「はーっ」

今度は大きく息を吐く。呼吸を整えて魔力を練り上げていた。

「すーっ！」

再度大きく息を吸ったキャロは目を開き、二度、勢いよく武器を振るう。

右の一撃が風を斬《き》り裂く。続いて左の一撃が風を斬り裂く。

「すごいです！」

フランフィリアはキャロの、たった二撃を見てそんな感想を漏らす。

その二撃を皮切りに繰《く》り出《だ》されるキャロの攻撃は止まらず、どんどん速度を増していく。

魔力によって作り出されている風の壁、その壁を構成する魔力を、魔力を込めた攻撃で断《た》ち切っていく。

魔力のつながりが断ち切られることで、風の壁は徐々に崩壊《ほうかい》していった。

「これで、最後、ですっ！」

ほとんど霧散《むさん》した風の壁を繋《つな》ぐ魔力――その最後の一本を断ち切ると、風の壁はまるでそこに存在しなかったかのように消え去った。

「……アタル様っ、終わりましたっ！」

キャロは風の壁が復活しないのを確認してから、アタルのもとへと方向に戻ってくる。

「よくやった。力業《ちからわざ》だったが、キャロの手数の多さと魔力による攻撃がなかったらできないことだ。しかも、魔眼《まがん》で見ていたからわかったが、壁を構成する魔力の繋がりを的確に攻撃していたな。すごかったぞ」

褒《ほ》めながら、アタルはキャロの頭を優しく撫《な》でる。

「えへへっ、やりましたっ！」

目を細めて笑うキャロは、アタルの手の感触《かんしょく》を楽しんでいた。

「本当に仲がいいですねえ……あとは雷を纏った石の壁と、魔力の壁の二つですか」

キャロとアタルの微笑《ほほえ》ましいやりとりを微笑みながら見ると、フランフィリアは残りの二つの壁へと視線を移す。

『あの石のやつは任せて！　いっくよー！』

「あっ！」

気合十分のバルキアスは、この壁を自分が壊《こわ》すと決めていたらしく既に走りだしていた。

それに気づいたフランフィリアが手を伸《の》ばすが、時すでに遅《おそ》く、バルキアスは壁まで数メートルの場所まで来ていた。

「大丈夫だ」

アタルはこれからバルキアスが起こす結果を確信している。

「はいっ、大丈夫ですっ！」

それはキャロも同様であり、イフリアに至っては地面に降り立ち、欠伸《あくび》をしている。

『やあああああああ！』

バルキアスは魔力を身体に込めて、そのまま体当たりをしていく。

「そ、その壁は！」

ただの壁ではなく、雷を纏っている壁であり、衝突《しょうとつ》と同時にバルキアスの身体に雷が流れていく。

そんな姿をフランフィリアは想像しており、バルキアスが黒焦《くろこ》げになってしまうと考えていた。

『こわ、れろおおおおお！』

バルキアスは壁にたどり着く寸前に十体ほどに分身して、連続で体当たりをぶちかましていく。

強度の高い壁だったが、バルキアスの猛攻《もうこう》には勝てず、すぐに亀裂《きれつ》が入り、完全に破壊された。

「すごいな……」

ほお、と感心したように見ているアタルは驚いていた。

「すごいですっ！」

嬉しそうにはしゃぐキャロも同じく驚いている。

「…………」

口を押《お》さえたフランフィリアは驚きすぎて声が出ない。

しかし、アタルとキャロ、そしてフランフィリアでは驚いているポイントが違《ちが》った。

「な、ななな、なんですか今のは！　なんでバルキアスさんの数が増えたんですか！」

分身を初めて見たフランフィリアは、この攻撃《こうげき》方法にビックリしていた。

「今、額の紋章《もんしょう》は光っていなかっただろ？」

「ですですっ！　白虎《びゃっこ》さんの力を使っていませんでしたっ！」

二人はバルキアスが自らの力だけで分身をして、壁を壊していたことに驚いていた。

『へへっ、たまに練習していたんだよね。白虎の力を取り入れると一気に力が強くなって分身できていたんだけど、僕《ぼく》も強くなってきたからそろそろ自分の力だけでできるんじゃないかな、と思って！』

どうだ！　と胸を張っているかのようにお座りしたバルキアスはドヤ顔になっている。

「いや、これは確かにすごいぞ。普段からあそこまでの攻撃ができるなら、白虎の力を使った時にかなりの期待ができる」

「バル君さすがですっ！」

二人はバルキアスの成長を喜び、本気を出した時のバルキアスの全力に、今から期待していた。

「あ、あれ？　雷が全然効かなかったのも、増えたのも普通なんですか？」

フランフィリアは自分が驚いていることがずれているのかと首を傾げている。

「あー、まあな。俺たちは慣れているから……雷に関しては雷獣《らいじゅう》との戦いでも、ものともしていなかった。フェンリルは雷耐性《かみなりたいせい》があるんだよ」

「分身に関しても、前は特別な力を使わなければできなかったんですが、今の攻撃はバル君の身体能力だけで行ったものですっ！　だから、すごい成長したんですっ！」

アタルがしてくれたように、今度はキャロがバルキアスの頭を撫でる。

『やったー！』

バルキアスは照れるでもなく、素直《すなお》にキャロが褒めてくれることを喜んでいた。

「そ、そうなんですか……」

そんなアタルたちを見て、これほどに常識に差が出るものなのかと、フランフィリアは疲労感から項垂《うなだ》れる。

「さて、あとは魔力の壁か……あれは、俺がなんとかするとしよう」

アタルは魔眼を発動させて、魔力の壁を確認していく。

「なるほど、いくつかの点がポイントになっているのか……」

先ほどキャロが断ち切った風の壁は魔力の線が絡《から》みあって障壁《しょうへき》を作り出していた。

それに対して、今度の魔力の壁はいくつかの点が起点となって、強力な魔力の壁を作り出している。

「強度だけでいえば、先の四枚のどれよりも強いですね……」

明確な属性を持たせない分、純粋《じゅんすい》な魔力による障壁になっており、それが一番強固な結界となっていた。

「まあ、なんとかなるだろ。まずはこっちで……」

アタルが先に取り出したのは二丁のハンドガン。

「楔《くさび》を撃《う》ち込むとしよう……」

結界を構成している魔力に、やや闇《やみ》の力が混ざっていることを魔眼で見抜《みぬ》いたアタルは、光の魔《ま》法弾《ほうだん》を装填《そうてん》して魔力の壁に向けて放つ。

「それ」

発射音はリロード分を含《ふく》めて、合計二十四発。

光の魔法弾は魔力の壁に突《つ》き刺《さ》さってぼんやりと光を放って円形を描《えが》いていく。

「それじゃ、仕上げといくか」

次にアタルはライフルを構える。

「……いけ」

今度の弾丸《だんがん》も光の魔法弾。

しかし、そこに玄武《げんぶ》の力を上乗せした光の魔法弾（玄《げん》）を円の中心へと放つ。

弾丸と魔力の壁が衝突した瞬間《しゅんかん》、それを合図に全《すべ》ての光の魔法弾が魔法効果を発動させた。

「わあっ！」

その光景にキャロはキラキラと目を輝かせている。

全ての弾丸が光を放ち、中心に撃ち込まれた玄武の魔法弾がひと際《きわ》強い光を放っている。

それは、この海底神殿という幻想的《げんそうてき》な場所を更に幻想的に装飾《そうしょく》していた。

「もう、一発！」

アタルはダメ押しとばかりに、先ほどと同じ弾丸を中心に突き刺さるように撃ちこんだ。

世界の全てが光で埋め尽《つ》くされたかのような強い光に、フランフィリアは目をあけていられず、腕《うで》で光を遮《さえぎ》る。

「す、すごいです！」

それらの光が収まって、みんな徐々に目が慣れていく。

「お、みんな大丈夫になってきたか」

アタルは片方の目をつぶり、魔眼で状況《じょうきょう》を確認《かくにん》していたため、光を受けた今でも問題なく目が見えている。

「これで、結界が全て消えたぞ」

全員の協力プレイによって、五枚あった結界は全て消失している。

「「ネプトゥス様！」」

結界の消失はつまるところ、海神ネプトゥスの部屋へ入れるようになったことを意味しており、ライラとフーワの二人はいてもたってもいられず、部屋に飛び込んでいく。

「待て！　くそっ、俺たちも行くぞ！」

部屋の中が、そして海神ネプトゥスがどんな状況であるかわからない状況で飛び込んでいった二人をアタルたちは慌てて追いかける。

しかし、彼女たちは部屋に入ってすぐのところで足を止めていた。

「おい、何があるかわからないんだから二人だけで先に行ったら危ない……っ！」

二人がポロポロと涙を流しているのを見て驚《おどろ》いたアタルは、周囲に視線を向けてその理由を理解する。

「ひ、酷い……！」

以前この場所へと来たことのあるフランフィリアは、その頃《ころ》の見る影《かげ》もない有様にショックを受けていた。

他《ほか》の場所以上に部屋の中はボロボロに傷ついており、戦いの爪痕《つめあと》が色濃《いろこ》く残っている。

「あれが、海神ネプトゥスか？」

部屋の一番奥にある玉座には長い髭《ひげ》の白髪《しらが》の老人が少しうつむいて座っている。

白い布を纏い、顔などから受け取れる年齢《ねんれい》の印象ではまさに老人だったが、人を超越《ちょうえつ》した大きく立派な肉体は筋骨隆々《りゅうりゅう》で現役《げんえき》といえるような若さを保っている。

「そ、そんな……」

「あんなに傷ついて……」

ライラとフーワが口にするように海神ネプトゥスの身体には無数の傷がついており、ぐったりと椅子《いす》に座り込んでいるように見える。

「ネプトゥス様！」

二人は目尻《めじり》に涙をたたえながら、ネプトゥスのもとへと駆け寄《よ》った。

あと数メートルでたどり着くというところで、ゆらりと顔を上げたネプトゥスの目がぼんやりと開き、右の手に持っている三叉《みつまた》の矛《ほこ》、トライデントが持ちあげられる。

ネプトゥスが持つトライデントは、三つに分かれた先端《せんたん》がそれぞれ一つずつ属性を持っている。

一本は炎の力を、一本は風の力を、そして中央の一本が雷の力を宿していた。

それらの先端に魔力が集まり、今まさに力が放たれようとしている。

「……えっ？」

「な、なんでっ？」

トライデントは本来、敵に向けられるものだったが、それがありえないことに神殿の住人である人魚のライラとフーワに向けられる。

驚き戸惑い、立ち止まっている二人に向かって力が放たれた。

第四話　海神の戦い

「危なっ！」

『ふむ、なかなか強力な攻撃だな』

『ちょっとビリビリするかもー』

ライラとフーワを狙った攻撃はアタルが風の力を魔法弾で相殺《そうさい》、イフリアが炎を防ぎ、バルキアスが雷を受け止めていた。

「大丈夫ですか？」

そして、当の二人はキャロとフランフィリアによって抱《だ》きかかえられて、安全な場所へと移動している。

「そ、そんな、なんでネプトゥス様が……」

「ラ、ライラちゃあああん！」

抱《かか》えられたまま、呆然《ぼうぜん》としたライラは現実を受け止められずにショックを受けており、そんな彼女に抱き着《つ》いたフーワは泣き出していた。

にいる。


「ライラさん、フーワさん！」

なだめるように優しくフランフィリアが声をかけるが、二人はショックから抜《ぬ》け出せず
「二人ともしっかりして下さいっ！」

そんな二人をキャロが大きな声で叱咤《しった》する。

ライラとフーワはびっくりしたようにキャロを見た。

静かなキャロの質問に、そんなことは絶対ありえないと二人は首を横に振《ふ》る。

「……ネプトゥス様はいつもみなさんを傷つけるような方でしたか？」

フランフィリアも彼女たちの意見に賛同して隣で頷《うなず》く。

「では、今度はあの方の目を見て下さいっ！」

キャロが指さした先にいる海神ネプトゥス。

本来ならば深い海の底を切り取ったかのように青く輝いているはずのその目は、虚空《こくう》を
見るようにぼんやりとしており、しかも赤黒く淀《よど》み光っている。

「な、なんであんな……」

「へ、変なの！　優しかったネプトゥス様が、まるで悪魔《あくま》か何かのような……」

改めて落ち着いてネプトゥスを見たところで、普通《ふつう》の状態にないことを二人は理解する。

「私たちはあの状態になった人を知っています。あれは何者かの力によって、狂化《きょうか》された状態にあります。ああなってしまうと、普段とは異なる攻撃的《こうげきてき》な性格になってしまうのです。しかも力は強化されているという、とても危険な状態です」

キャロは真剣《しんけん》な表情で説明していく。

大事なことを話していると理解しているため、ライラもフーワも神妙《しんみょう》な面持《おもも》ちで彼女の説明に耳を傾《かたむ》けている。

「ですが、私たちはあの状態になった相手と戦ったことがあります。だから、任せて下さいっ！」

力強く微笑んだキャロはそれだけ言い残すと、アタルたちの元へと向かって行った。

「お二人は部屋から出ていて下さい。ここは戦いの場所になります。終わったあとにお二人が傷ついていればネプトゥス様も悲しくなってしまいますから、ね？」

フランフィリアの言葉に、最初は迷っていた二人は揃《そろ》って顔を見合わせて頷くと、一緒に外へと出ていった。

「さてと、正直神様と戦うことになるなんて思ってもいなかったので、ちょっと怖いですね……」

困ったように苦笑いするフランフィリアはあえてそんな軽口を言うことで、自分の気持ちを少しでも軽くしようとしていた。

「キャロ！　バル！　イフリア！　フランフィリア！」

その時、アタルが大きな声で四人を呼ぶ。四人の視線がアタルに集まる。

「絶対にもとに戻《もど》すぞ！」

アタルは人魚の二人にネプトゥスが慕《した》われているのを見て、これを起こしたであろう男の顔を思い出して怒《いか》りを覚えていた。

「了解《りょうかい》ですっ！」

「わかりました！」

『わかったよ！』

『うむ、やろう』

全員がアタルと同じ思いであり、戦闘《せんとう》準備に入る。海神との戦いが幕を開けた。


五人はすぐに近接と遠距離《えんきょり》に分かれて移動していく。

いつもどおり、キャロ、バルキアス、イフリアが接近戦で直接ネプトゥスとやりあう。

銃《じゅう》使いのアタル、弓と魔法を使うフランフィリアは距離をとっての戦いとなる。

「フランフィリア、あの状態をそのまま治そうとしても難しい。気絶するくらいに強烈《きょうれつ》なダメージを与えて、そこから治療《ちりょう》をするのが一番だ」

「わ、わかりました」

アタルはこれからの戦闘方針を伝え、そしてちらりとフランフィリアの反応を見る。

「……大丈夫か？」

ここに来るまでに聞いた話では、ネプトゥスとフランフィリアは面識があるとのことである。

いくら狂化されているとはいえ、知っている相手と戦うことができるのか？　それを確認しておきたかった。

「――アタルさん、わかっています。これでも元冒険者《ぼうけんしゃ》で、ギルドマスターです。年齢もそれなりに重ねて……様々な経験を積んでいますから」

アタルが何を心配しているのか、それは彼女にも伝わっており、フランフィリアはしっかりと目を合わせて力強く頷き、自分が戦えると、大丈夫であると伝える。

「……わかった。それじゃさっさと神様を倒《たお》して治して何があったかを聞き出すとするか。あのダメージ量と、建物への負担を考えると短期決戦しかない。いくぞ！」

彼女の気持ちを汲《く》み取《と》ったアタルはハンドガンを手にすると走り出す。

既にキャロたち前衛組は、ネプトゥスと接敵している。

そんな彼女《かのじょ》たちの攻撃のすきまを縫《ぬ》って、アタルはハンドガンで次々に弾丸を発射する。

とにもかくにも手数を重視した攻撃でダメージの蓄積《ちくせき》を狙う、というのがアタルの考えだった。

「……」

しかし、ゆらりと前を向いたネプトゥスは、無言のままトライデントでアタルの弾丸を全て弾《はじ》き飛《と》ばしていく。

「なっ⁉」

ネプトゥスは戦闘前からダメージを負っており、更に狂化されている。

玉座に座《すわ》り込んだまま、そんな状況であれば、細かい対応はできないとアタルは踏《ふ》んでいた。

それゆえに、アタルはハンドガンによる手数重視の攻撃を選択《せんたく》した。

自我《じが》がなくダメージがある状態であれば連続攻撃を防ぐことはできないだろうと。

しかし、そんな状況にあってもネプトゥスは攻撃への対処能力が高く、キャロたちを相手取りながらもアタルの攻撃を防いでいた。

イフリアの拳《こぶし》を水で作った壁で防ぎ、バルキアスの体当たりを空いた手で受け流し、キャロの攻撃はトライデントで防ぐ。

先ほどのようにアタルの弾丸が飛んできた時には、トライデントでそれらを弾《はじ》いてキャロたちに向かうように狙っている。

全てにおいて隙《すき》のない構えだった。

「これは、なかなか強敵だな」

そう呟《つぶや》いたアタルは口元に笑《え》みを浮かべていた。

こんな状況ではあるが、強敵との戦いが楽しくなってきていた。

「これならどうだ？」

アタルは次に魔法弾を放つ。

こちらであれば弾くためにトライデントに触《ふ》れた瞬間魔法《しゅんかんまほう》を発動させれば、ダメージを与えることができるはずだとの考えである。

しかし、魔法弾に対しては、トライデントで弾き飛ばすことはせずに、トライデントの穂先《ほさき》から属性魔力を放って迎撃《げいげき》していた。

「これは……まずいな」

想定以上の対応をされたため、アタルも焦《あせ》りを覚える。

キャロたちも攻撃速度を上げて、なんとかダメージを与えようとしているが、直撃《ちょくげき》することなくうまくいいなされていた。

「こうなると、面での攻撃が有効なんだが……」

その方法だと、この部屋や神殿に大きな影響を与えてしまう。

すでに戦いの形跡《けいせき》が酷《ひど》いこの場所で大きい攻撃を撃ったらどうなるかは想像に難《かた》くない。

ゆえに、なかなか思い切った手段はとれずにいた。

そんなアタルの元へと矢を放ちながらフランフィリアがやってくる。

彼女は、ネプトゥスへの攻撃が防がれている理由に心当たりがあった。

「アタルさん、以前聞いたことがあるのですが、ネプトゥス様は空気中に魔力で作った水分を張《は》り巡《めぐ》らせているらしいです」

そこまで聞いたところで、アタルはなぜ自分の攻撃が防がれ、キャロたちの攻撃がネプトゥスに届かないのか理解する。

「それで俺《おれ》たちの動きが全て手に取るようにわかるのか。それだと、いつまで経《た》っても攻撃は当たらないかもしれないな……」

しかし、相手の強さの理由がわかれば、それに対する対処法も考えられる。

「フランフィリア、対策を考えるから続けて魔法と弓矢での攻撃をしてくれ。キャロたちへの注意を少しでも減らしてやりたい」

「わ、わかりました！」

言われるままにフランフィリアは戦闘へと戻っていく。

フランフィリアはかく乱するためにできる限り大量の矢を放つ。

矢も魔法も全てトライデントによって防がれてしまうものの、それでもキャロたちだけに向いていた意識を外にも向けさせていけば、攻撃が命中する可能性は幾分《いくぶん》か高くなっていく。

キャロたちも後方からの攻撃スタイルが変わったことに気づき、アタルが何かを考えてくれていると感じていた。


四人が奮闘《ふんとう》している間に、アタルは対策を考えていく。

（イフリアに全力を出させて炎で水分を蒸発させる……いや、これは俺たちにも多大な被《ひ》害《がい》を与えてしまうか——没《ぼつ》だな）

水が問題であるならば、その水を全てなくせばいいという荒業《あらわざ》が浮かんだものの、危険性を考えて却下《きゃっか》される。

（次は何か……いっそイフリアを下がらせてスピリットバレットを撃ちこむか？　いやいや、それだと傷だらけのネプトゥスの命を奪《うば》うことに……そもそも避《よ》けられてしまう可能性が高いか。他に何か案は……）

「――アタルさん！」

次の案を考え始めようとしたところでフランフィリアがアタルの名前を呼ぶ。

彼女は戦っている間に一つ手が浮かんでおり、既《すで》にそれを実行しようとしている。

弓はしまっており、腕を前に伸ばし、魔法を発動しようとしていた。

「キャロ、バル、すぐに離《はな》れろ！　イフリアはそのままだ！」

アタルの呼びかけに、瞬時《しゅんじ》に二人は散開するように移動していく。

それを確認したフランフィリアはすぐに魔法を行使した。

「〝凍りつけ、アイスウォール〟！」

単純な、しかし繊細《せんさい》な魔力でフランフィリアは美しく堅《かた》い氷の壁を作り出す。

その壁は、ネプトゥス、イフリア側と、アタルたち側を二分していた。

これならばネプトゥスから繋がっている魔力を遮断《しゃだん》することができ、水によって動きを悟《さと》られることはない。

加えてこちらにはアタルがいるため、遠距離でも十分に戦えるはずであるというのが、フランフィリアの策だった。

更にはアタルがキャロとバルキアスをこちらに呼《よ》び戻した理由は、アタルが考えていた最初の案をイフリアに実践《じっせん》させるためである。

『ふむ、これならばやりやすいな』

アタルの考えていた案を契約者《けいやくしゃ》同士のつながりで理解していたイフリアもネプトゥスの身体《からだ》から張り巡らされている魔力《まりょく》に気づいており、それを断ち切るために炎《ほのお》の魔力を高めていく。

イフリアの身体を覆《おお》うように舞《ま》う炎は空気中の水を蒸発させてた。

彼《かれ》を中心に拡散された熱はかなり強力なものとなっており、フランフィリアが作り出した氷の壁をも融《と》かしていく。

「こ、これは、すごいです！　というか、と、融けちゃいますよおおお！」

神殿《しんでん》が壊れないようにフランフィリアは持てる魔力を注ぎ込んで、額に汗《あせ》を浮《う》かべながらも氷の壁をなんとか維持《いじ》する。

しかし、それでもどんどん壁は融けており、このままでは先に融けきってしまうのが目に見えている。

『ぐむむむ！　それでもまだ動けるか！』

悔《くや》しそうに睨《にら》むイフリアが水の大半を蒸発させたが、それでもネプトゥスの実力は高く、傷ついた身体であるにもかかわらず、イフリアの攻撃をトライデントで受け止めていた。

手強《てごわ》い相手であると判断しているからこそ、イフリアは一人でネプトゥスを倒すつもりはなく、次の狙いをもって徐々に戦う位置をずらしていく。

移動した先は、アタルたちとネプトゥスを一直線でつないだちょうど中間。

戦いの中で不自然にならないように動いており、なおかつこの空間の魔力感知も及《およ》ばなくなった今、イフリアが動いた意図はネプトゥスには知られていない。

しかし、アタルにはイフリアが何を目的に動いたのかわかっていた。

「さすが、いい狙いだな」

ふっと口元に薄《うす》い笑みを浮かべたアタルはライフルを構え、強通常弾《だん》（玄）を装填する。

この弾丸であればネプトゥスを殺さず、しかし大ダメージを与《あた》えることができる。

そのダメージ量を計算したがゆえの選択だった。

銃口《じゅうこう》が向かう先は、氷の壁《かべ》、の更に先にいるイフリアの背中だった。

「アタルさん！」

仲間を狙ったように見えたそれに驚いたフランフィリアが思わず声をかけるが、アタルの指はためらうことなくトリガーを引く。

強力な弾丸はフランフィリアの作り出した氷の壁をあっさりと貫通《かんつう》して、そのままイフリアの背中に命中。

『今だな』

するかと思われた瞬間、狙い定めたようにイフリアは子竜《こりゅう》にサイズを変えた。

弾丸は大きいサイズのイフリアがいた場所を通過して、そのまま海神に直撃する。

「ぐはあああああ!」

弾丸は見事に海神の右肩《みぎかた》に撃ち込まれた。

それまで無表情だったネプトゥスも、強力な攻撃による痛みに表情を崩《くず》して声をあげた。

「まだだ」

次の弾丸は海神の肘《ひじ》のあたりに撃ち込まれる。

「があああ!」

二か所へのダメージは殊更《ことさら》大きく、トライデントを持つ手に力が入らなくなり、そのまま金属音とともにトライデントは地面に落下した。

「フランフィリア!」

「了解です!」

魔力消費によって汗をにじませたフランフィリアだったが、しっかりと頷いて、アタルに名前を呼ばれた瞬間には氷の壁を解除させた。

「みんな!」

アタルの声を合図にキャロたちが飛び出していく。

キャロは獣力《じゅうりょく》を高めてネプトゥスの足に斬りつける。

次にキャロと交代でとびかかったバルキアスは分身して胴体《どうたい》に体当たりをぶちかます。

離れ際には爪《つめ》による一撃《いちげき》も加えている。

後方から支援《しえん》するようにアタルは更《さら》に弾丸を撃ちこみ、とどめは巨大化《きょだいか》したイフリアによる全力の拳がネプトゥスの腹部に叩《たた》き込まれた。

元々傷ついた身体への大きなダメージ。

最後のイフリアによる圧倒的《あっとうてき》体格差からの強烈な攻撃は、狂化していたネプトゥスの意識を刈《か》り取るのに十分だった。

「はあ、なんとかなったな」

ネプトゥスが気絶したことで、アタルたちは彼を囲むように傍《そば》に移動する。

改めて倒れている姿をみると、老人の顔であるにもかかわらず、ネプトゥスの身長は三メートルを超《こ》えた筋肉が満ち満ちている巨体《きょたい》であり、いわゆる人を超えた存在であることが感じられる。

「さて、それじゃあ仕上げといくか」

アタルはライフルの銃口をネプトゥスの額へと向ける。

「えっ!?」

もちろんフランフィリアは驚きを隠《かく》せない。

「だ、ダメよ！」

「や、やめてなの！」

静かになったことを確認して入ってきたライラとフーワは、ネプトゥスに銃口を向けるアタルを見て、慌《あわ》ててアタルを制止するために悲痛な声を上げる。

戦いが終わり、倒れて意識を失っているネプトゥスに対して、アタルは止《とど》めを刺そうとしている――彼女たちの目にはそう映っていた。

「大丈夫《だいじょうぶ》ですっ！　このまま目覚めてしまったら、再び暴れることになってしまうかもしれませんので、その対処をアタル様はしていますっ！」

何をするのかわかっているキャロは腕を大きく広げてライラとフーワの前に立つと、アタルが正当なことをやっていると説明をする。

「ほ、本当に……？」

「ネプトゥス様を傷つけるのではないの……？」

不安そうな二人に対して、キャロは優《やさ》しい笑顔《えがお》でゆっくりと頷く。

「アタル様はネプトゥス様を助けようとしているのであって、決して傷つけるようなことは考えていません。アタル様を、私を信じて下さいっ。お願いしますっ！」

真剣にそう訴《うった》えるキャロが深々と頭を下げると、顔を見合わせたライラとフーワも彼女の真剣な気持ちが伝わってきて信じてみようという気持ちが強くなっていた。

「……キャロが言うように、傷つけるつもりはない。俺たちはネプトゥスから聞きたいことがあるし、狂化した以上、このままにしておけばいずれ命を失うことになるだろう」

ネプトゥスの生命力を魔眼《まがん》で見ていたアタルは、それがどんどん弱くなっているのを理解していた。

彼女たちも改めて倒れているネプトゥスを見て、危険な状態にあるのを感じていた。

元々のダメージ、アタルたちの攻撃によるダメージ、なにより狂化は本人の身体に大きな負担をかけており、今も身体を蝕《むしば》んでいる。

「俺ならなんとかできる」

「た、助けてあげて！」

「お願いなの！」

アタルの言葉に必死な様子で二人が即答《そくとう》した。

「任せておけ……いくぞ」

ひとつ頷いたアタルは再度銃口をネプトゥスへと向けて、引き金を引く。

弾丸は倒れているネプトゥスの腹のあたりに命中する。

それは身体を貫《つらぬ》くことはなく蝕んでいる狂化の力を浄化《じょうか》していく。

この部屋を包んでいた重苦しい雰囲気《ふんいき》も落ち着いたように感じられた。

「あっ、ネプトゥス様の呼吸が！」

「落ち着いてきているの！」

ネプトゥスの気配が穏《おだ》やかに変わったのを良い変化であることに気づいた二人は、手を合わせて喜んでいる。

「これなら目覚めた時に正気を取り戻しているはずだ。さて、もう一発行くぞ」

もちろん今度は強治癒《きょうちゆ》弾丸《だんがん》を装填している。

「——これで、目覚めるはずだ」

次の弾丸が撃ち込まれると、今度はぼんやりとした光がネプトゥスの身体を包み込んだ。

強い光へと変わったそれが落ち着くまで数十秒経過したところで、ネプトゥスの身体についた傷は全て回復していた。

第五話　ラーギルの襲来《しゅうらい》

「……う、ううむ」

全ての怪我《けが》が治癒したネプトゥスはゆっくりと目を覚まして身体を起こす。

淀んでいた目はすっかり元の青く美しいものへと戻っていた。

怪我は治っていたが、攻撃を受けた衝撃《しょうげき》は感じており、頭を押《お》さえ、軽く振りながら自分の身体を確認していく。

「何があったのだ……確か、見慣れない魔族《まぞく》が侵入《しんにゅう》してきて……」

記憶《きおく》を遡《さかのぼ》ろうとするが、頭がぼんやりとしていて記憶が曖昧《あいまい》なままになっている。

「ネプトゥス様ぁー！」

「無事でよかったの！」

目にいっぱいの涙《なだ》を浮かべたライラとフーワが目覚めたネプトゥスへと抱き着く。

「ん？　おぉ、ライラにフーワではないか。ワシは一体何をしておったのだ……ん？　お主は確か数百年前にここに来た……フラン、フィリア？　そうフランフィリアじゃな。うむ、懐《なつ》かしいのう」

見知った顔が周りにいることで穏やかな雰囲気になったネプトゥス。

魔族襲来以降の記憶は朧気《おぼろげ》だったが、昔の記憶に関してははっきりと覚えていたようで確認するように頷いている。

「お、覚えていてくれたのですね、光栄です！」

まさか自分のことを名前まで覚えているとは思っていなかったため、フランフィリアは胸に手を当て、やや興奮している様子で頬《ほお》を薄《う》っすらと紅潮させている。

「うむうむ、それ以外は……はて？　覚えがないが、以前会ったことがあるかのう？」

アタル、キャロ、バルキアス、イフリアの顔を順番に見て、ネプトゥスは首を傾《かし》げる。

「いや、俺たちは初めて会う。俺の名前はアタル。冒険者だ」

「私はキャロと言います。同じく冒険者ですっ！」

『僕《ぼく》はバルキアス！』

『我はイフリアという』

アタルたちが自己紹介《しょうかい》をしていくと、ネプトゥスはうんうんと頷く。

「ワシは海神ネプトゥス。ふむ、四神の力を持つ者たちか……しかも、異世界の者に、獣人の源流に連なる者、そして神獣《しんじゅう》に霊獣《れいじゅう》か。何やら訳ありということかの。ワシに何が起きたのか、お主たちがなんのためにここまでやって来たのか。色々と聞かせてもらおうか。無論、こちらも知っていることを話そう」

ネプトゥスはアタルたちの力や素性《すじよう》をひと目で見抜き、彼らならば何か知っているであろうと、そして自分が持つ情報をアタルたちへと話す必要があると判断する。

「わかった。色々と話せる情報は持っているが、その前に俺たちが来るまでにこの神殿で何があったのか、あんたに何があったのか。それを聞かせてほしい」

アタルとしては、件《くだん》の魔族が本当にラーギルなのかを確認しておきたかった。

そうだとしたら、彼が何を目的にここにやってきたのかを。

「それでは記憶を遡りながら話をしていこう……まず、話は数週前に遡る」

「そんなに前から……？」

今回の一件がそこまで長い話なのだとは思ってもいなかったため、アタルたちは驚きながらネプトゥスの言葉に耳を傾ける。

「近海の魔素がここ最近濃《こ》くなってきているのは感じていた。思い返してみると、それを感じ始めたのは恐《おそ》らく数週間前なのじゃ。しばらくは静観していたのじゃが、そろそろ動く必要があると思い、腰《こし》をあげようとした時には既に水中の魔素はかなり濃くなっていて、海の魔物《まもの》や魚に影響《えいきょう》が出始めていた。もう少し早く動くべきだったのじゃな……」

長い時を生きているからこそ、問題に対処するタイミングを計り損《そこ》ねた、とネプトゥスは後悔《こうかい》しているため、表情が芳《かんば》しくない。

ライラとフーワはそんなネプトゥスをみて心を痛めている。

「――それによって、神殿を覆うワシの結界にも影響が出ていた」

ここからが侵入者《しんにゅうしゃ》たちが神殿にやってきてからの話になる。

「ワシはその時はまだそこまで気にしておらんかった。結界に異変はあったのじゃが、些《さ》細《さい》な変化じゃった。それに、侵入しようとするものは過去にも何度かおったが、誰一人《だれひとり》結界を突破《とっぱ》できるものはおらんかったのじゃ。じゃから、今回も諦《あきら》めてすぐに引き返すと思っていた……」

そこまで言ったところで、ネプトゥスは首を横に振る。

「しかし、今回はこれまでとは違《ちが》った。すさまじく強い衝撃とともに結界が一気に切り開かれて内部へと侵入されたのじゃ。魔素の影響で不安定になって、簡単に入れるようになっていたようじゃな……」

自分の力を過信し、被害が広がったことをネプトゥスは今も悔《く》やんでいる。

「ここには神殿を警備していた魚人などもおったが、侵入者にあっという間に討《う》ち果《は》たされてしまい、次々と神殿外に叩きだされてしまった。一般《いっぱん》の住民たちの多くは、すぐに海へと逃《に》げ出《だ》していったようじゃ。そして、ついにこの部屋までたどり着いたのじゃ」

ここでネプトゥスは目を瞑《つぶ》り、鮮明《せんめい》に瞼《まぶた》の裏に浮かぶ記憶に一瞬沈黙《いっしゅんちんもく》する。

「……侵入者は魔族の男が一人、そして仲間が二人おった。そやつらはローブを纏《まと》いフードをかぶっておって顔は見えんかった。どうやらそのローブには認識《にんしき》を阻害《そがい》する魔法《まほう》がかけられていたようで、ローブの上からでは正体はつかめんかったのじゃが、かなりの強さを持っていることだけは感じられたのじゃ」

魔族というのは恐らくはラーギルだと思われる。

「――名前は言っていたか？」

だが、万が一を考えてアタルはこんな質問を投げかけた。

「ラグル？　ラーグルだったか？　そのような名前で呼ばれていたような気がする」

「「ラーギルだな（ですねっ）」」

アタルとキャロの声が揃う。

「それじゃ！」

これでアタルたちも確証が持てた。

仲間二人のうちの一人は、恐らく以前に城で会った人化した宝石竜だと思われる。

そしてもう一人、同じような立場の仲間となれば、新しい宝石竜が彼に付き従っている可能性が高い。

「はあ、これはまた、あいつの戦力が増強されたみたいだな……」

アタルは問題が増えたことにため息をつく。

「ふむ、やつを知っているようじゃな。とにかくあやつらはかなりの力を持っており、なんとか撃退《げきたい》しようとしたのじゃが難しかった。そして、あの戦い以降の記憶がない」

そして、次に目覚めたのは先ほどということになる。

「なるほど、あんたを倒すほどとなるとかなりの戦力のようだ……それで、あいつらが何をしにやってきたのかはわかっているのか？」

アタルの質問を受けて、ハッとしたようにネプトゥスは立ち上がると、何かに思い当たったのか、自らがいつも座っている椅了のもとへと移動する。

「……やはりか。この椅子の下には、とある祠《ほこら》の封印《ふういん》を解くカギとなる封印玉が隠してあったのじゃが、それが持っていかれておる。それが目的だったのじゃろうな」

それを聞いてそこに何が封印されているのか、アタルとキャロにはわかっていた。

「そこに封印されているのは」

「宝石竜、ですねっ」

これにはネプトゥスも目を丸くする。

「よくわかったのう。宝石竜などという存在はこの世界では伝説のようなものじゃ。一部の人間は知っておろうが、それがその祠に封印されているという考えに至るとは……お主たち何者じゃ？」

普通の人間でないことは既に見抜《みぬ》いていたが、ここまでとはネプトゥスも思っていなかったようだった。

「俺たちはその魔族のラーギルと因縁《いんねん》があってな。少し前に俺たちはラーギルによって誘《ゆう》導《どう》されたオニキスドラゴンと戦って、それを倒したんだ。アレの核《かく》は奪われてしまったがな……」

それを聞いて、アタルたちがどうして祠に封印されているのが宝石竜だと思ったのか、そして、ラーギルが何をしようとしているかまでネプトゥスには理解できていた。

「ふむ、つまりあやつは最後の宝石竜を復活させようとしているのじゃな……」

その言葉にアタルとキャロが頷く。

「あ、あの、私も宝石竜の名前くらいは聞いたことはあるのですが、一体どのような魔物なのでしょうか？」

アタルたちとネプトゥスが当たり前のように話を進めているため、フランフィリアはなんとか取り残されないようにしようと質問を挟《はさ》む。

「ふむ、お主たちは知っているようじゃが、少し昔話をさせてもらおうか……」

ネプトゥスは自分の玉座に座って話を始めていく。

「宝石竜は普通の魔物とは少し違うのじゃ。その話をするには、この世界で起きた数千年前の戦いのことを話さねばならぬのじゃが……」

「っ……お願いします！」

世界の秘密の一端《いったん》を知れるとあって、フランフィリアは食い気味でネプトゥスに話すよう懇願《こんがん》する。

アタルとキャロも静かに頷いたことで、ネプトゥスは腰を据《す》える。

「この世界では二つの派閥《はばつ》に分かれての戦いがあった。創造神側の神々、そして邪神《じゃしん》側の神々。ワシは創造神側についておった。その戦いは壮絶《そうぜつ》なもので、強力な力を持つ神同士の戦いは地形が変化するほどの影響を与えていた……その最中、邪神は自ら作り出した宝石を竜に与えた。それによって宝石竜が生まれることとなる。その数は三体」

その数にアタルとキャロは首を傾げる。

封印された最後の一体を除いたとしても、宝石竜の数は七体いたはずである。

「創造神もそれに対抗《たいこう》して四体の宝石竜を生み出したのじゃ。竜同士の戦いでは、数で勝《まさ》るこちら側が優勢じゃった。しかし、邪神はあえて少ない数の宝石竜を生み出しておったんじゃ……。そう、最後の一体は、全《すべ》ての宝石竜を生贄《いけにえ》にして生み出された……」

それによって戦況《せんきょう》がひっくり返されたのであろうことは、ネプトゥスの顔を見るだけで誰《だれ》もが感じ取っていた。

「と、まあ、結果として最終的には我々が勝利したのじゃが、邪神側の神々も相当の力を持っていたからのう……完全に殲滅《せんめつ》することはできず、その多くは未《いま》だこの世界に封印されておるというわけじゃ」

神が生み出した竜——それが宝石竜の真実だった。

「なるほどな……ダンザールもその邪神側の神だったな」

「ですっ！」

青龍《せいりゅう》との戦いの際に横から割って入ってきたのがダンザールだった。

「おおう、ダンザールの名まで知っておるのか……お主たち、この世界の根幹にかかわりすぎではないかのう⁉」

アタルたちは人が知るにはいささか超越《ちょうえつ》している情報ばかり知っているため、ネプトゥスは怪訝《けげん》な表情でアタルに問いかける。

その問いにアタルは肩《かた》を竦《すく》めた。

「そう言われてもな……そもそもこちらの世界に俺を送り込んだのは、あんたの話にあった創造神ってやつのはずだ。まあ、あれこれ厄介《やっかい》ごとに巻き込まれるのは俺の性質なのかもしれないが。そんなことより、ラーギルのやつは確実に宝石竜の封印を解きに向かっているはずだ。あいつの向かった場所を教えてもらえるか？」

アタルはこうしている間にもラーギルが宝石竜を復活させている可能性を考えていた。

「ふむ、すぐに封印を解くことはできんとは思うが……いいじゃろう。あやつが向かったのはここから更に北に向かった場所にある海底の小さな祠じゃ。そこに封印玉を持っていき、大量の魔力を流し込むことで封印を解除することができる」

この大量の魔力というのがネックであり、普通《ふつう》では考えられないほどの量が必要となっている。

「ワシが全魔力を注ぎ込んでも足りん。普通に解除しようとすれば数日はかかるはずじゃ。じゃから、そうそう簡単に封印を解除することは……どうした？」

アタルの表情が険しくなっているため、ネプトゥスは話すのを止《や》める。

「ラーギルたちがここに来たのはいつのことだ？」

大量の魔力が必要だとして、ラーギルたちが封印解除に向かってから一体どれだけの時間が経過しているのか、アタルはそれを確認《かくにん》する。

「ふむ、ワシが記憶を失っていたのがどれくらいになるか……」

「昨日です！」

「あの男が来たのは昨日のことなの！」

ここにきて、ライワとフーワがいたことが功を奏する。

二人は隠れていたため、襲撃《しゅうげき》の時から今までのことを覚えている。

「なるほど……そいつはまずいな。ラーギルが連れている二人は恐らく宝石竜が人化したやつらだ。それに加えてあいつは宝石竜の核をもう一つ持っている。となればかなりの魔力を用意することができているんじゃないか？」

「ふむ、それは、まずいのう……」

アタルの発言で事態を理解したネプトゥスは神であるにもかかわらず、焦りからか額に大量の汗をかいている。

アタルの話のとおりであれば、魔力量に関して十分な量を確保できる可能性がある。

「すまないが、俺たちはその祠に行こうと思う——すぐにな」

アタルが言うと、キャロ、フランフィリア、バルキアス、イフリアは頷《うなず》いてすぐに動き出そうとする。

「ま、待て待て、走って外に出て海上に行って船に乗っていては時間がかかりすぎてしまう。せめてもの加勢じゃ、ワシの力で海上に送り出す。海はワシの領分。移動や海上での戦いの援護《えんご》をしようではないか」

そう言うと、ネプトゥスはトライデントを掲《かか》げる。

「〝我《わ》が力を以《もっ》て、汝《なんじ》らを送り出す〟行け！」

トライデントが強く光を放つとアタルたちの身体を呑《の》み込んでいく。

「助かる、ありがとうな！」

「ありがとうございますっ！」

「また、お会いしましょう！」

アタルたちの声はギリギリでネプトゥスの耳に届き、次の瞬間《しゅんかん》には神殿から彼らは姿を消していた。

「頼《たの》んだぞ……」

「ネプトゥス様……」

「大丈夫《だいじょうぶ》、ですよね？」

ライラとフーワは話の壮大《そうだい》さについていけず、ほとんど話を聞いていただけだったが、危険な状態にあるということだけは感じていたため、不安な表情になっている。

「わからん、わからんが彼らならなんとかしてくれる。そんな気がしておるが……いやはやどうなるのか」

三人の視線は、アタルたちが向かったであろう海上を向いていた。

転移したアタルたちは確かに一瞬《いっしゅん》のうちに移動できたが、そこは乗ってきた船の遥《はる》か上空であった。

「うおっ、確かに一瞬で海上には出られたけど！」

「まさか空の上だなんてっ！」

「きゃあああ！」

『お、落ちる！』

アタルたちは落下の感覚に驚《おどろ》いていた。

すかさずイフリアが四人を背中に乗せていく。

『だ、大丈夫か。慌てて巨大化したが、全員乗っているか？』

急遽《きゅうきょ》巨大化したイフリアが慌ててアタルたちを背中に乗せてゆっくりと船へと移動していく。

「た、助かった」

「イフリアさん、ありがとうございますっ」

「ビックリしましたね……」

『びっくりびっくり！』

バルキアスだけはどこか楽しそうだが、他《ほか》三人は、海に叩きつけられる場面が頭をよぎっていたため、安堵《あんど》のため息をついていた。

『うむ、無事ならそれでいい』

イフリアは船へと降り立つとアタルたちを下ろしていく。

『す、すまんな。つい力が入りすぎてしまったようじゃ』

すまなそうな声は、ネプトゥスの声だった。海上は彼の領域であるため、神殿にいても声を念話として飛ばす程度は容易なことだった。

「まあ、だいぶ時間節約になったからいいさ。それより、すぐに行くか？」

アタルはここからの行動指針を決めていくため、キャロとフランフィリアに尋《たず》ねる。

「……いえ、セーラに報告に向かいましょう。私たちが先攻《せんこう》して戦うのはいいとしても、海で何が起こっているのかを話しておいたほうがいいと思います」

一冒険者《ぼうけんしゃ》に背負わせるには規模が大きすぎる話になってきたため、フランフィリアは責任者への報告を提案する。

「私もそれがいいと思いますっ！」

キャロもその案に同意する。

万が一宝石竜が街に向かってしまった場合、ギルドや冒険者の動きが重要になるとも思っていた。

「わかった、一度街に戻《もど》ろう……ネプトゥス、聞いていたな？　俺たちを船ごと街まで送り届けることは可能か？」

『無論だ、では行くぞ！』

神殿にいるネプトゥスはトライデントを再び掲げる。

すると、船が大きな泡《あわ》に包まれていく。

その泡が輝《かがや》いたと思った次の瞬間には街近くの港の空きスペースに転移していた。

「「「…………」」」

『『…………』』

声を出す余裕《よゆう》すらないほど、あっという間の移動。

『す、すまぬ。またやりすぎてしまったようじゃ……怪我が治ってから、どうも調子が良すぎるようでな……』

やりすぎてしまった自覚があるネプトゥスが申し訳なさそうに頭を掻《か》いている様子が、見なくても伝わってきていた。

第六話　解き放たれた宝石竜

「あー……」

ネプトゥスの力が入りすぎてしまった理由を聞いて、アタルは思い当たるところがあったため、そう短く声を出す。

つまるところ、アタルの治癒弾《ちゆだん》が強力すぎたため、今回の怪我だけでなく、ネプトゥスが抱《かか》えていたなんらかの傷をも回復していた。

「ま、まあ、次は少し手加減をしてくれると助かる」

ゆえに、あまり強く言うこともできず、こんな言葉がアタルの口から出ていた。

『う、うむ。またここに来れば話ができるようにしておこう、用事を済ませてくるといい』

だが理由のわからないネプトゥスは調子が良すぎることに首を傾げていた。

「よし、それじゃ行くぞ」

「はいっ！」

「行きましょう！」

アタルたち三人は急いで冒険者ギルドへと向かい、バルキアスとイフリアはここで船の番のため待機することになった。

三人は冒険者ギルドへなだれ込むと、そのままセーラに用事があることを伝える。

すると、普段《ふだん》の服装に戻っている彼女《かのじょ》はすぐに階下へと降りてきた。

「ど、どうしました？　緊急《きんきゅう》の用事とのことですが……」

「……悪いがかなり緊急事態だ。ここで話させてもらう」

アタルはこの場で説明していいものか一瞬だけ悩《なや》むが、異変が起きていることを冒険者たちにも知らせられるように説明をすることにする。

「わ、わかりました」

セーラはただごとではないアタルの様子を見て、そのことを了承《りょうしょう》する。

「まず海底の調査だが、ここ最近海の魔素が濃くなっていたのには気づいていたか？」

「は、はい、さほど大きな問題だとは捉《とら》えていませんでしたが、一応海にそういった変化があったことはこちらでも把握《はあく》しています」

簡単な調査は既にギルドでも行っており、セーラもこの変化をわかっていた。

「そのせいで海中の魔素が乱れに乱れて、神殿を覆う結界にも影響が出ていた。そこをついて、侵入者が現れて神殿を荒《あ》らしていった」

「⁉」

ネプトゥスの結界が正当な方法以外で突破されたことが信じられないと、セーラは驚くがなんとか声を出さないように口元を押さえている。

「まあ、ネプトゥスはその犯人に狂化《きょうか》させられて俺《おれ》たちと戦うことになったんだが、それに関してはなんとかなった。その後ネプトゥスの怪我もなんとかなった」

「ちょ、ちょっと待って下さい！　ネプトゥス様と戦ったんですか？　なんとかなったって、一体どうやって？　あの方は海神、神様ですよ？　倒《たお》したんですか？」

アタルが神との戦いの部分をあっさりと流したが、一番気になる部分であるため、セーラは思わず大きな声を出してしまう。

「いや、まあそこは本当にいいんだ。俺たちのことはさておいて、神殿に侵入して、ネプトゥスを倒すことができて、更に狂化なんてことを施《ほどこ》せるやつがいることが問題なんだ。そして、そいつらの狙《ねら》いはとある封印を解除するための封印玉とよばれるものを手に入れることだったんだ」

ここまで話が進んだところで、セーラもアタルが報告したい部分がここからだと理解する。

「ネプトゥス様が無事だったのはよかったです。それはとてもいい報告です……が、続きがあるんですよね？」

　これから告げられるであろうとんでもない報告に、セーラは神妙《しんみょう》な面持《おもも》ちでアタルに問いかける。

「あぁ、問題はこれから起こるはずだ。セーラもギルドマスターなら宝石竜という名前に聞き覚えがあるな？」

　これまでに、バートラム、フランフィリアと二人のギルドマスターが宝石竜の存在を知っていた。

　ならば、彼女も知っているだろうというアタルの予想である。

「ええ、それはもちろんですが……まさか！」

　答えはアタルの予想どおりであり、彼女はアタルが何を話そうとしているのか気づいて、青ざめていく。

「そのとおりだ。神殿《しんでん》を襲《おそ》ったやつは近海に封印されている宝石竜の封印を解くつもりだ。恐らく昨日から封印の解除を行っているはずだから、その時は近いはずだ」

「そんなことが……アタルさん、私たちはどう動けばよろしいでしょうか？」

　信じられない情報であるにもかかわらず、彼女はすぐに動かなければいけないと考え、アタルが何をギルドに望んでいるのかを確認する。

「その早い判断はいいことだ。それじゃあ説明をしていく……」

アタルは万が一の時に備えて住民の避難《ひなん》、海沿いにはなるべく近づかないことなどを伝える。

そして、相手の力量に関しても前回のオニキスドラゴンとの戦いの経験から伝えていく。

「――と、まあそんなところだな」

アタルが必要な情報をひと通り説明し終えた瞬間、ドンッという強い衝撃と大きな音が街中に鳴《な》り響《ひび》く。

「っ……この音は！」

もう始まってしまったのか、そう思いながらアタルは慌ててギルドから飛び出していく。

音は海がある方向から聞こえてきた。

「封印が、解かれたか……」

それ以外に海からあれほどの大きな音がする理由が思いつくはずがなかった。

更に次の瞬間、街からでも見えるほどに太くて大きな水柱があがる。

「こいつはまずいな。キャロ、フランフィリア、行くぞ！」

状況《じょうきょう》を理解しているアタルたちはギルドを離《はな》れて海に向かって走った。

「……そんな強力な敵をなんとかできる戦力はこの街にはいません……。アタルさん、キャロさん、フランちゃん……お願い」

セーラはそう呟《つぶや》くと目を閉じて数秒の祈《いの》りを捧《ささ》げた。

それも数秒で、目を開くと振《ふ》り返り、ギルドマスターとしてすぐに動き出す。

「みなさん！　本日のギルドの業務は終了《しゅうりょう》です。ギルドの職員は街のみなさんに海へと近づかないように周知して、避難誘導《ひなんゆうどう》を開始して下さい！　冒険者の方々からは有志を募《つの》りたいと思います！」

セーラの宣言は急なものであったが、職員たちは既《すで》に動き始めており、冒険者たちも彼女の言葉に耳を傾《かたむ》けている。

「先ほど私に報告にきてくれた彼《かれ》らは、今この街を襲おうとしている問題に対処するため、先に動いています。しかし、この街は我々の街です。外から来てくれた彼らだけに任せるわけにはいきません！」

この言葉は冒険者たちの心を大きく揺《ゆ》さぶる。

「我こそはという方は、私と一緒《いっしょ》に来て下さい。彼らの援護に向かいます！」

「「「おおおおお！」」」

いつものふざけた様子などみじんも感じさせない、ギルドマスターとしての凛《りん》としたセーラの言葉に冒険者たちは心打たれ、力強く呼応した。

「半刻後、港に集合して下さい！　それでは、解散！」

冒険者たちもすぐに動き始め、準備や他の冒険者へと声かけを行っていく。

「――さあ、忙《いそが》しくなりますね……」

彼女がギルドマスターを務めてから、初めて街に襲いかかる大トラブル。

これに対処できるかどうかは、全てアタルたちにかかっていた。


街の人々の視線が海に向いている中、アタルたちは船へと向かって街中を走っていた。

「オニキスドラゴンと戦った時は、あいつは街を襲おうと動いていたはずだ。明確な目的があったからこそだが、今回の宝石竜《ほうせきりゅう》もラーギルに誘導されている可能性がある。そうなったら、街に被害《ひがい》が行くかもしれない」

「はいっ！　絶対阻止《そし》ですねっ！」

ぐっと拳《こぶし》を作って頷くキャロはアタルの意図を汲《く》んで、彼の言葉の続きを口にする。

「だ、大丈夫ですかね？」

これまで何度も神クラスとの戦闘《せんとう》を重ねてきているアタルたちと比べて、フランフィリアは現役《げんえき》を離れている上に神と戦ったのも先ほどのネプトゥスが初だったため、不安に駆《か》られている。

「まあ、なんとかなるだろ。実際に俺たちは宝石竜と戦ったことがあるし、他の神とも戦った経験がある。それに、一つ奥《おく》の手《て》も考えてある」

ニヤリと笑うアタル。

「そ、それなら……はい、私も全力で頑張《がんば》ります！」

自信満々に不敵な笑《え》みを浮《う》かべるアタルに言い知れない不安と、心強さを同時に感じたフランフィリアは、気持ちを入《い》れ替《か》えて戦いに臨《のぞ》もうと決意する。

「イフリア？」

港が見えてくると、既にイフリアが巨大化《きょだいか》しており、その背にバルキアスがのっていた。

二人は飛んで出発できる状態で待機している。

『みんな！　海神さんから話は聞いてるよ、船は沈没《ちんぼつ》の危険があるから飛んでいった方がいいって！』

バルキアスが状況を説明する。

『うむ、海上での戦いに関してはワシがなんとかする、そのまま飛んでいくんじゃ！』

そこにネプトゥヌの声が届くが、先はどの衝撃は海中にも影響があり、事態が動き出したことに焦《あせ》っているようで、やや早口になっていた。

「わかった、イフリア頼んだぞ！」

『承知！』

アタルたちは走ったまま止まらずに、そのままの勢いでイフリアの背中に飛び乗った。

それと同時にイフリアは翼《つばさ》をはためかせて飛び立っていく。

街の住人たちの多くは海に視線を向けていたため、この姿も見られてしまうことになるが、それを気にしていられる余裕はない。

もし疑問を持たれたとしても、セーラが上手《うま》くやってくれるだろうと人任せにして出発していった。

「これは……強い力を感じるな」

「はいっ……」

水柱が立ったあたりから感じる力にアタルとキャロは神妙な面持ちになっている。

「で、でも、みなさんは宝石竜と戦って、倒した経験があるんですよね？　だったら、今回も……」

それほど苦労せずに倒せるのでは？　そんな期待をフランフィリアは持っている。

「俺も、同じ戦い方で勝てるんじゃないかと踏《ふ》んでいたんだが――どうにもな」

ここまで多くの危険な相手と戦ってきて、別の宝石竜も倒してきたアタルだったが、その返事はどこか歯切れが悪い。

「オニキスドラゴンよりも、強い圧を感じますっ！」

『うぅ、強そう！』

アタルの反応の理由はキャロとバルキアスを見ればわかる。

二人は前方にいるであろう宝石竜の圧からその実力を感じ取っていた。

イフリアは飛んでいるため、会話には参加していないが、彼も同様に宝石竜の存在を感じている。

『このあたりに降り立って迎撃《げいげき》すると良いじゃろう』

街からだいぶ離れたところで、しかし周囲に何もない海の上で、ネプトゥスの声が聞こえてくる。

「降り立ってといってもな……俺たちが降り立ったら沈《しず》むだけだぞ？」

アタルもキャロもフランフィリアもバルキアスも飛ぶことができない。

例の薬を飲んでいるとしても、あれは水中での動きの改善のためのものであり、海上で戦えるものではない。

そのため、イフリアの背中に乗って戦うか、どこかの小島に降り立つしかないと考えていた。

『ふっふっふ、そのへんは抜《ぬ》かりない。お主らを海上に送り出した時点で、ワシの力の庇《ひ》護《ご》を受けられるように繋《つな》いでおいたのじゃ。そして、ワシの力によって海の上でも地上と同じように移動できるようにしておいた。じゃから、全力で戦っていいぞい』

足場が不安定、または足場が壊《こわ》れる危険性があれば、本気で戦うことは難しい。

しかし、海全体が自分たちの足場ともなればそれを気にせずに戦うことができる。

「そいつは助かる。それじゃ、みんな降りるぞ！」

アタルはネプトゥスの言葉を信じて、イフリアの背中から飛び立つ。

「はいっ！」

『いっくよー！』

キャロとバルキアスも迷わずに飛んでいく。

「えっ？　えええっ？　きゃあああああ！」

そんなアタルたちにフランフィリアは戸《と》惑《まど》っていたが、イフリアがクルリとひっくり返ったため、強制的に落下していった。

「バル！」

『はーい』

さすがにそのまま落下してしまっては、いくら加護があっても海面に叩《たた》きつけられてしまう。

そのため、先に着水していたバルキアスがアタルの指示を受けてフランフィリアを回収する。

『大丈夫？』

バルキアスはうまく背中に乗せることでフランフィリアを回収していく。

「あ、ありがとうございます……柔《やわ》らかい」

感謝の言葉を口にしながら、フランフィリアはモフモフな背中に密《ひそ》かに興奮していた。

ネプトゥスの言う通りアタルたちは海上で沈むことなく立っていた。

加護が与《あた》えられた証《あかし》であるネプトゥスの紋章《もんしょう》が淡《あわ》く輝き、全員の額に浮かんでいる。

「もう少しで見えてくるはずだが……っ！　イフリア！」

『わかっている！』

宝石竜の姿はまだ見えないが、大きな力のふくらみを感じたアタルが声をかける。

もちろん、それはイフリアも感じており、既に対応しようとブレスの準備をしていた。

『ぐおおおおおおおおおお！』

唸《うな》るような声とともに強力な魔力《まりょく》を込めたブレスが吐《は》き出される。

先ほどの力のふくらみは前方にいる宝石竜のブレスであり、双方《そうほう》のブレスが衝突《しょうとつ》した。

『ぬ、ぬおおおお！』

イフリアは魔力を強めていくが、相手は神によって生み出された宝石竜。

しかも、今回は未熟な個体ではなく成体であると思われる。

さすがに力ある宝石竜のブレスは強力であり、徐々《じょじょ》に押《お》し込まれていく。

「こいつはまずいな……これでも、喰《く》らっておけ！」

アタルは双方のブレスが衝突している場所をめがけて弾丸《だんがん》を放つ。

発射された弾丸は、炎《ほのお》の魔《ま》法弾《ほうだん》（玄《げん》）。

相手のブレスは色からして、恐《おそ》らくは水か氷の属性であり、さらにはイフリアの炎属性に加勢してのチョイスである。

押されているとはいえ、なんとかギリギリのところで拮抗《きっこう》させていたブレス。

そこに横から急に力が加わったことで、大きな爆発《ばくはつ》が巻き起こった。

「おおっと」

爆風《ばくふう》で海面が揺れたことでアタルはバランスを崩《くず》す。

「きゃ、きゃあっ！」

『わ、わあああ！』

同様にキャロとバルキアスも揺れる海面に、体勢を崩されてしまっていた。

「す、すごいですっ！」

フランフィリアも同じ状況だったが、それよりも目の前で繰《く》り広《ひろ》げられている戦いのレベルの高さに対する驚きのほうが強い。

爆発による衝撃《しょうげき》は、街にまで届いており、まるで地震《じしん》でも起きたのではないかと住民たちが思っているほどだった。

「走るぞ！」

少し揺れが収まってきたところでアタルは走り出す。

このまま遠距離《えんきょり》での戦闘をしていくとなると、ブレスの威力《いりょく》で押し切《き》られてしまう可能性が高い。

ならば少しでも距離を詰《つ》めたほうが戦いやすい。

そして、あれだけ強力なブレスを放ったあとであればすぐには同じ攻撃《こうげき》は撃《う》てないはずであり、今が距離を詰めるチャンスだとアタルは判断する。

「はいっ！」

「わ、わかりました」

『りょーかい！』

『承知』

その意図を理解した四人もすぐに動き出していく。

アタルは魔眼《まがん》を使って、遠くにいる宝石竜の存在を確認していた。

「見えてきた……」

その額に埋《う》め込まれているのは水色の宝石。

水属性ゆえか、その身体《からだ》は青く輝く鱗《うろこ》に覆《おお》われて、十メートルはあろうかという巨大《きよだい》なドラゴン。

その体躯《たいく》はオニキスドラゴンをゆうに超《こ》える大きさだった。

「やはり水属性、宝石の色からしてアクアマリンドラゴンか……ちっ！」

相手の正体を確認したアタルは、更《さら》にその後方を見て舌打ちをしながらギリッと歯ぎしりする。そこには見知った顔があった。

巨大なブレスを吐いたせいか、アクアマリンドラゴンはじっとしてしばらく動かず、アタルたちの姿が完全に確認できるまで待っていた。

『ふむ、人や人に飼われた魔物風情《まものふぜい》が、よく私のブレスを防げたものだな』

アクアマリンドラゴンは余裕のある尊大な態度でアタルたちのことを見下している。

「はーはっは、まさかこんなところにまで首を突っ込んでくるとはねえ。いやあ、しつこいしつこい。まるで、殺しても死なないゴミムシのようなしぶとさだよ」

アクアマリンドラゴンの後方で、アタルたちのことをあざ笑っているのは、因縁の相手である魔族《まぞく》のラーギルだった。

「海神ネプトゥスなんて大層な名前だったけど、お前たちみたいな人間ごときに頼《たよ》るだなんて神も大したことないねえ。あぁ、そうだった。神なんて偉《えら》そうな口をきいていたけど、あっさりと僕《ぼく》たちにやられたんだったかな？　狂化にもあっさりと屈《くっ》しちゃって、ぷっ、はははははっ！」

大げさなしぐさでわざとらしく煽《あお》るラーギルは、とにもかくにも馬鹿《ばか》にするだけ馬鹿にしたいらしく、アタルたちやネプトゥスのことをひたすら嘲笑《ちょうしょう》していた。

その隣《となり》にはローブを纏《まと》った人の姿があり、一人にはアタルたちも見覚えがあった。

獣人《じゅうじん》の国でラーギルがオニキスドラゴンの核を強奪《ごうだつ》した際に同行していた、額に赤い宝石の埋まっているその者である。

もう一人は、緑の宝石を額に埋めた人物であり、こちらは見覚えがない。

しかし、内包する力の大きさは宝石竜のそれであり、そこにいるだけで強い存在感を感じられる。

なにより額にある宝石から、二人が宝石竜の人化した姿であることはわかりきったこと

だった。

つまり、今の状況は魔族のラーギル、人化した宝石竜二人、そして封印《ふういん》が解かれたアクアマリンドラゴンと対峙《たいじ》しているというとんでもない状況だった。

第七話　アクアマリンドラゴンとの戦い

しばらくラーギルの笑いが続くが、それが止まったところでアタルが反撃《はんげき》に出る。

「そんな人間ごときに何度も出《だ》し抜かれている魔族が偉そうな口をきくもんだな」

挑発《ちょうはつ》の意味を込めてアタルはラーギルの痛いところをついていく。

「ぐっ、あいっかわらず生意気なやつだ。ちっ、アクアマリンドラゴン、そんな雑魚《ざこ》ども、さっさと殺してしまえ！」

アタルの言葉に苛立《いらだ》ったラーギルが命令すると、アクアマリンドラゴンは静かに頷いた。

なぜ宝石竜である彼が、ラーギルの言うことを素直《すなお》に聞いているのか？

それは封印が解かれた時の会話にあった。

◆

ラーギルは封印されたアクアマリンドラゴンを解放したのは自分であると説明する。

この段階で自分を解放してくれたラーギルへと、アクアマリンドラゴンは感謝の気持ちを持っていた。

封印による長き眠《ねむ》りによって、アクアマリンドラゴンはただひたすらに閉じ込められる恨《うら》みを募らせていたのだ。そして、ラーギルは続けていく。

『お前を封印していたのは、この海にいる海神ネプトゥスという神だ。その神は人の側についている』

この段階でアクアマリンドラゴンの敵は海神ネプトゥスになる。

『そして、同族である別の宝石竜の命を奪《うば》ったのも、その人に属する者だ。そいつはいつも俺の邪魔《じゃま》をするにっくき相手だ』

これによって、ラーギルの敵は自分にとっても敵であるという考えを持っていく。

彼の言葉が信じるに値《あたい》するのは、人化した宝石竜が二人同行していることで十分わかる。

更には自分の言うことを聞くように、ラーギルは研究している魔道具を密かに使い、精神を誘導《ゆうどう》していた。

◆

『彼に仇《あだ》なす者であれば、私にとっても敵だ。そして、人などという矮小《わいしょう》な種族とそれに与《くみ》する者どもなど蹴散《けち》らしてくれよう！』

　アタルたちは完全にアクアマリンドラゴンの敵として認定《にんてい》されてしまう。

「はあ、まあそうなるだろうな。俺たちが封印を阻止できなかった段階でこうなるんじゃないかとは思っていたよ」

　ため息交じりに言うアタルだったが、こうなることは予期していたため、戦闘モードに切り替えてライフルを構える。

　そしてキャロ、フランフィリア、バルキアス、イフリアも戦闘態勢に入る。

『私に勝てるとでも思っているのか……生意気だぞ。うるらあああああああああああああああああああああああああ！』

アクアマリンドラゴンの属性は水。

　それゆえに、周囲に水があふれている海上はアクアマリンドラゴンにとって、優位な場所であり、その力も強化されている。

　事実、先ほどの雄《お》たけびによって海の水が反応して、いくつもの水柱があがり、海面が大きく波打っていた。

「これはなかなか」

「バランスをとるのが難しいですっ」

ネプトゥスの加護によってなんとか立ってはいられるものの、足を取られてしまうかもしれないほど大きな揺れがアタルたちを襲う。

この場所で戦うことはアクアマリンドラゴンにとって何よりも適した場所である。

それに対してここで戦うことはアタルたちにとって、敵地といっても過言ではないほどに不利な状況だった。

環境《かんきょう》によって、より強化されたアクアマリンドラゴンの力は強く、その存在感は膨《ふく》れ上《あ》がっている。

「こ、こんな敵を相手に勝てるのでしょうか……」

弓を構えて硬《かた》い表情をしているフランフィリアはその圧に気圧《けお》されており、弱音が口をついて出る。

「まあ、これくらいはやるだろ。なにせ、数千年前に神と戦っていたんだからな。むしろこれくらいの力がなきゃ神が弱すぎることになる」

淡々《たんたん》とした口調のアタルは軽口を叩けるくらいに、いつもどおりの心持ちでいる。

「強そうですけど、頑張りますっ！」

ナイフを握《にぎ》ってキッとアクアマリンドラゴンを睨《にら》むキャロはこれまでの戦いの経験、そして身体の中にある獣力と青龍《せいりゅう》の力を信じている。

『ぶっ倒すぞー！』

フンフンと鼻息荒《あら》くうなりながら牙《きば》を見せつけるバルキアスは怖《こわ》いもの知らずなのか、アクアマリンドラゴンの圧を全くといっていいほど意にも介《かい》していなかった。

『全力で戦ってみるか』

冷たい口調のイフリアは自分のブレスが押されていたことに怒《いか》りを覚えており、やり返さなければ気が済まないと思っていた。

「行きますっ！」

『いっくぞおおお！』

最初に動き出したのはキャロとバルキアスのコンビ。

キャロは初《しょ》っ端《ぱな》から獣力を発動し、身体と武器が強力な青いオーラに包まれている。

『矮小な亜人《あじん》風情《ふぜい》が、吹《ふ》き飛《と》ばしてくれる！』

自身より遥かに小さい二人が飛び出してきたことを無謀《むぼう》だと鼻で笑うアクアマリンドラゴンは大きく右手を振りかぶって、キャロに振り下《お》ろした。

「キャロさん！」

あまりの体格差にフランフィリアは悲鳴にも似た声でキャロの名前を呼ぶ。

「大丈夫《だいじょうぶ》だ」

対して、アタルは冷静に呟いた。

「これくらいの攻撃なら、効きませんっ！」

彼の言葉通り、キャロは二つの武器でアクアマリンドラゴンの攻撃を受け止めていた。

獣力の使用は、単純に攻撃力《こうげきりょく》の増強をするだけでなく、膂力《りょりょく》も強化している。

そのため重量級のアクアマリンドラゴンの攻撃を受け止められるほどの力をキャロは持っていた。

『なんだと！』

小さな体のキャロが攻撃を止めたことはアクアマリンドラゴンにとって衝撃的《しょうげきてき》なことであり、驚《おどろ》きによって動きが一瞬《いっしゅん》止まってしまう。

『あおおおおおん！』

その隙《すき》をついて、バルキアスが白虎《びゃっこ》の力で分身してアクアマリンドラゴンの右側の腹へと突進《とっしん》をぶちかます。

『くらえええええ！』

『ぐむっ』

バルキアスの突進でぐらついたアクアマリンドラゴンの身体。

その反対側からは待ってましたといわんばかりにイフリアが思い切り拳を振りかぶっている。

しかし、その攻撃はアクアマリンドラゴンの身体に届く前に、突如《とつじょ》海上から現れた水の壁《かべ》に防がれてしまう。

『その程度で私にダメージを与えられると思っているとはな……浅はかだ！』

水の壁はそのまま大きな波になって、バルキアスとイフリアを呑《の》み込んでいく。

『むむっ！』

イフリアは腕《うで》をクロスし、更に翼で身体を覆うようにしてその攻撃を防ぐ。

『うわあああ！　すごいねええ！』

バルキアスは持ち前の身のこなしと海の中に落ちないという海神の加護を有効に使って、波の上を駆け抜ける。

それはさながらサーフィンのようでもあった。

そのまま距離をとったバルキアス。

しかし、イフリアはその場から移動せずに水を翼で弾《はじ》き飛ばすと、そのまま次の攻撃に移ろうとしていた。

『うおおおおおお！』

イフリアは炎の魔力を増大させていき、周囲の水を蒸発させようとしていた。

この方法はネプトゥスとの戦いでも使ったもので、あの戦いにおいて効果抜群《ばつぐん》だった。

「――イフリア！　それはやめておけ！」

力を解き放とうとした瞬間《しゅんかん》、アタルの声がイフリアの耳に飛び込んでくる。

『なぜだ！』

アクアマリンドラゴンから距離をとりながら、攻撃を止められて苛立ち交じりにイフリアはアタルを問《と》い詰める。

「海の水は蒸発させるには量が多すぎる。それに、かなりの量を蒸発させられたとしても、それでは海の生物に大きな影響《えいきょう》が出てしまう。俺たちが倒したいのはアクアマリンドラゴンだけだ。それ以外にまで被害を与えるのは望んでない」

『しかし！　……いや、わかった』

アクアマリンドラゴンという強大な敵を前に、周りのことを気にするのかと反論しようとしたイフリアだったが、契約者《けいやくしゃ》であり、その実力を認めているアタルが力強い目で言うため、言葉をのみ込む。

初手のブレスで負け、攻撃を水の壁で防がれと、二度にわたって苦渋《くじゅう》を舐《な》めることになったイフリアは、ここで冷静さに欠けていたことをアタルに気づかされた。

冷静になってみると、自分の力をむやみやたらに使って平穏《へいおん》に暮らしている海の生物を殺すことになってしまうのは、イフリアにとっても本意ではなかった。

「とにかく、俺たちも戦いに参加するぞ！」

まずは小手調べだとアタルはハンドガンを構えて飛び出す。

「わ、わかりました！」

アクアマリンドラゴンの圧に竦《すく》んでいたフランフィリアだったが、キャロたちが戦っている姿を見て、体が動くようになっていた。

アタルの背を追いかけるように自らを奮い立たせて弓を構える。

「とにかく手数を増やすぞ！」

これはネプトゥスとの戦いでも取った方法だったが、あの時は水分を空気中に含《ふく》ませるという特殊《とくしゅ》な手を使われたため、功を奏さなかった。

だが今回の相手はアクアマリンドラゴンであるため、有効かもしれないと考えた。

「まずは通常弾《だん》」

自分の思うままに充填《じゅうてん》される弾丸を次々と撃ち込む。

とにかく数を撃って相手の対応や能力を探《さぐ》っていく作戦だった。

何度もリロードして、無数とも思える数の弾丸がアクアマリンドラゴンへと放たれていった。

「こちらも！」

　フランフィリアはアタルから少し離れた場所で魔力矢を放つ。

　アタルの手数を増やそうという言葉に従って、威力は弱くても数を優先して次々に矢を撃ち出す。

『ちっ、下等な人間と劣等《れっとう》なダークエルフ風情《ふぜい》が生意気な……そんなものは届かん！』

　ちまちまと降り注ぐアタルの弾丸、フランフィリアの矢は全《すべ》て、アクアマリンドラゴンの生み出す水の壁によって遮断《しゃだん》されてしまう。

「せやあああ！」

　そちらに意識が逸《そ》れた隙に、キャロは獣力を発動してアクアマリンドラゴンへと攻撃をしていく。

　通常の攻撃では水の壁に防がれてしまうことがわかっていたため、キャロは気配を消してこのチャンスが巡《めぐ》ってくるのを窺《うかが》っていた。

　イフリアとバルキアスが派手に動いて、アタルとフランフィリアが注意を引いてくれたことでできたこのチャンスにキャロは全力で攻撃をする。

　先ほどまでは単純に獣力を使っただけだったが、今は手の甲《こう》にある青龍の紋章が光り輝《かがや》いており、更に強力な一撃《いちげき》になっている。

『ぐおおおお！　この、亜人が生意気なあああ！』

隙をついたキャロの右手の攻撃はアクアマリンドラゴンへと届き、左足に大きな傷を作った。

続けて左手による一撃を繰り出そうとしたが、キャロの足元の水が膨れ上がって、二撃目を阻止されてしまう。

「ううう、あと少しだったのにっ！」

連続する攻撃のはずだったが、全力の攻撃だったため、次に移る際にタイムラグができてしまったため、水柱を生み出させるタイミングを相手に与えてしまった。

「キャロ、いいぞ！」

それでもアタルは怪我《けが》を負わせたことを褒《ほ》め、自らは移動しながら次々に弾丸を放っていく。最初の通常弾は水によって防がれた。

もちろんアクアマリンドラゴンが生み出した水柱や水の壁には魔力が込められている。

「色々試《ため》してみるか」

次に撃ったのは魔法弾。これならば、相手の魔力に抗《こう》して攻撃をできるかもしれないと考えての判断である。

しかも炎、風、土、雷《かみなり》と種類を替《か》えて……こちらもまるで散弾《さんだん》であるかのように無数に撃ち込まれる。

これに対してもアクアマリンドラゴンは水の壁が作ることで防御《ぼうぎょ》していくが、もちろんアタルも無策ではない。

（水の壁、水柱を作られるなら、その前提で攻撃をすればいいだけだ）

まず炎の魔法弾が一部の水を蒸発させて道を作る。

風の魔法弾がその道を広げる。

土の魔法弾が通り道を固定する。

最後に雷の魔法弾が通過していき、アクアマリンドラゴンへと届いた。

もちろんこの目論見《もくろみ》がわからないように、無数の弾丸でカムフラージュしている。

『ぬう、これしきのもの効かぬわあああ！』

着弾《ちゃくだん》と同時に発動された雷の魔法《まほう》。

多少のダメージはあったが、強大な身体を持つアクアマリンドラゴンにとってそれは些細《ささい》なものであり、ただ怒りを増幅《ぞうふく》させただけの効果でしかなかった。

しかも、先ほどのアタルの攻撃方法を見抜《みぬ》いたアクアマリンドラゴンは、次の弾丸に対して場所をずらして二枚の壁を作ることで対処している。

「――こいつは、強いな」

離れた場所にいるイフリアだったが、ほぼ同時にアタルと同じ言葉を呟いていた。

『強い』

この強いという言葉は、ただアクアマリンドラゴンの強さを表しているだけでなく、自分たちが以前戦った宝石竜であるオニキスドラゴンと比較《ひかく》しても圧倒的《あっとうてき》に実力が上であるということを示している。

実際、前回のオニキスドラゴンは世代替わりした個体であり、まだ若く実力も未熟で、戦い方も若さゆえの力任せのものだった。

しかし、アクアマリンドラゴンは完全な成体であり、長く封印されていたため、衰《おとろ》えはなく、しかも多くの強者《つわもの》と戦ってきた経験があった。

それゆえに、アタルたちがそれぞれ個性を持っている多角的な攻撃を繰り出しても対処できていた。

水の壁で攻撃を防ぎ、足元の水を膨れ上がらせることで姿勢を崩してくる。

攻撃もタメの長い強力なブレスだけでなく、小さな水球による攻撃もある。

更には背中の大きな翼で風を巻き起こすことで、意識的な水柱などとは別の意図しない水の動きを生み出して、動きを阻害《そがい》している。

水球に関してはアタルが炎の魔法弾で相殺《そうさい》することで防いでいるが、あくまで防御面での動きになっており、決定打を見いだせていない。

「ふふふ、ははははっ！　どうだどうだ！　オニキスを倒《たお》した程度でいい気になっていたようだが、貴様らの力など所詮《しょせん》その程度だ！」

空にいるラーギルはアクアマリンドラゴンが押している状況《じょうきょう》を楽しんでいた。

ラーギルはアタルたちを倒したい、加えてアクアマリンドラゴンの核《かく》も狙《ねら》っている。

双方が共倒《ともだお》れしてくれれば、そうでなくともどちらかが大きく傷つけば、ラーギルたちは少し攻撃するだけで目的を達成できる。

ゆえに、少し離《はな》れたところで悠々《ゆうゆう》と、戦っている姿を眺《なが》めて愉悦《ゆえつ》の笑みを浮かべていた。

（いっそスピリットバレットでも……いや、そんな隙はないか）

威力のあるスピリットバレットであれば、水の壁を貫《つらぬ》くことができるが、アクアマリンドラゴンは巨体《きょたい》にもかかわらず動きは素早《すばや》く、避《よ》けられてしまう可能性が高い。

なにより、イフリアが一度こちらに引いてしまっては、均衡《きんこう》が大きく崩れてしまう。

万が一避けられなかったとしても、命中することで一方的な状況ができあがれば、ラーギルとお供の宝石竜が参戦してくることは予想に難《かた》くない。

この状況はかなりアタルたちに分が悪い。

アクアマリンドラゴンだけであれば、全ての力を全力で使っていけば勝てない相手ではない。

しかし、その時にはかなり消耗《しょうもう》しているはずであり、その状況でラーギルたちと戦うのは得策ではない。

現状、かなり手詰《てづ》まりな状況であり、アクアマリンドラゴンとの戦いが拮抗しているうちに打開策を考えなければならない。

前線の三人は次々に攻撃を繰り出していく。

少しずつではあるがダメージを与えることには成功している。

だが、その攻撃はもちろん持てる力全てを使ったものであり、獣力と青龍の力を使っているキャロも、白虎の力を使っているバルキアスも少しずつ呼吸が乱れてきており、確実に消耗しているのがわかる。

先の見えない展開にアタルは弾丸を撃ちながらも頭を悩《なや》ませており、フランフィリアは魔力矢を撃ちすぎて魔力が切れ始めていた。

第八話　『氷の魔女《まじょ》』の復活

　このまま戦っていてもじり貧になりそうな戦いに、アタルは敗北が近づいていることを肌《はだ》で感じ取っていた。

　魔力がつきかけているフランフィリアもかなり厳しい状況にあることを理解しており、矢を撃つことも忘れて呆然《ぼうぜん》としていた。

「――戦況《せんきょう》を変えるには、水の多い状況をなんとかしないといけない、そしてアクアマリンドラゴンの動きを制御《せいぎょ》するしかない」

　それは理想的なことではあったが、その打開する手を、アタルをはじめとする誰《だれ》かが持っているとは口にしたアタル本人も思っていない。

（だったら、手を作り出せばいいだけだ）

「フランフィリア！」

　名前を呼びながら、アタルは立《た》ち尽《つ》くす彼女《かのじょ》のもとへと移動する。

「……はあ、はあ、はい、な、なんでしょうか？　もう……もう私にできることはありません。実力が違《ちが》いすぎます……」

神の力を使いこなすアタルたち。

それを持っていなくても身体のサイズを変えて戦っているイフリア。

四人の力は圧倒的であり、フランフィリアが役に立っているとは思えない状況である。

実力差のあるメンバーを前に、魔力も尽きかけて息も絶え絶えであり、自身への惨《みじ》めさえ感じ始めて心も折れかけていた。

「宝石竜《ほうせきりゅう》と戦うのは神に戦いを挑《いど》むのと同レベルだ。今まで本気の神クラスと戦ったことがないから動けなくなるのはわかる、足がすくむのもわかる」

アタルはなんとか彼女に再び立ってもらおうと言葉を尽くしていく。

「……アタルさんは戦う力があるから、わかるなんて言われてもこの絶望感はアタルさんにはわかりませんよ！」

大事だと思っているアタルとキャロが本気で戦っているというのに、魔力回線の傷のせいで自分は力になることができない。

その事実は辛《つら》く、悲しく、情けなくあった。

そんなささくれた気持ちから、フランフィリアはアタルに八つ当たるように怒鳴《どな》ってしまう。

「ここで俺《おれ》たちが負けたら、街はあいつらに襲《おそ》われることになる。以前オニキスドラゴンと戦ったが、あいつも街を襲おうとしていた」

それでも冷静なアタルの言葉は少しだけフランフィリアの心に届き、彼女は顔をゆっくりあげる。

「フランフィリア、お前はギルドマスターなんだろ？　セーラたちとともに戦い抜いてきた冒険者《ぼうけんしゃ》だったんだろ？」

キャロたちが戦っている音が遠くに聞こえ、アタルの声がしっかりと耳に入ってくる。

フランフィリアはアタルの力強いまなざしと言葉を受けて、自分が何者であるのかを思い出させられる。

「俺たちが負けたら、次はセーラたちが戦うことになる。あの街には俺たち以上に戦えるやつがいるのか？　あいつと、あいつらとやりあえるやつがいるのか？」

この質問にフランフィリアは首を横に振《ふ》る。

あの街にSランク冒険者がいないことは彼女も知っている。

最低限それくらいの力がなければアクアマリンドラゴンとまともに戦うことはできないということもわかっている。

「でも私は、今の私には魔力の矢を撃って、少し氷の魔法を使うくらいが精いっぱいなんです……もう、魔力もありません……」

なにもできない――そんな自分を情けないと思っているのは誰よりもフランフィリア自身であり、それを改めてアタルに突《つ》きつけられるのは辛いと思っていた。

どうにかしたいのに力がないことが悔《くや》しくて涙《なみだ》さえ浮《う》かんでくる。

「わかっている。フランフィリアの魔力回路は傷ついているんだろ？」

この言葉を聞いたフランフィリアは、目を丸くしてアタルの顔を見る。

「すまない、セーラに聞いていたんだ……一つ確認《かくにん》させてくれ。もし、魔力回路が治ったら、元の力を取《と》り戻《もど》せたらどうだ？」

どうだ？　というあやふやな問いかけだったが、フランフィリアは全盛期の自分を思い出している。

「傷が治れば、元の力があれば、あんなやつ相手じゃありません！　でも、治らないんです！　色々試したけど、たくさんの魔道具を使ったけれど、それこそ有名な治癒士《ちゆし》を頼ったけどダメだったんです！」

治るのならば治したかった、全力を出せるのなら今もそうしている。

でも、そんなことは叶《かな》わないことを自分でわかっていると、長年苦しんできたフランフィリアは涙を流しながらアタルへ叫《さけ》ぶように言う。

「私だって、戦いたいんです！　でも、ダメなんです！」

震《ふる》えながら小さくなった彼女の背中から、うつむいて涙を流しているのが伝わってくる。

それはまるで傷ついた幼い少女のようだった。

「わかった、俺がなんとかしてやる……そこに立っていろ」

「……えっ？」

自信満々のアタルに対して、驚いた表情で涙を拭《ぬぐ》いながらフランフィリアは顔をあげる。

そこにはライフルを構えたアタルの姿があった。

「えっ？　ええええっ？　な、なにを！」

ネプトゥスのことを回復した時に、フランフィリアもいたはずだったが、ずっと戦いに使われていた武器が自分を狙っていることに混乱してそんなことは記憶《きおく》から抜《ぬ》け落《お》ちていた。

「――さあ、今ここに氷の魔女の復活だ」

ふっと笑ったアタルは弾丸を放つ。

驚き戸惑《とまど》うフランフィリアに撃ち込まれたのは当然、強治癒弾《きょうちゆだん》。

しかも、魔力《まりょく》回路という身体の根本にかかわる部分であるため、玄武《げんぶ》の力を込めた強治癒弾（玄）だった。

「――えっ、えええええっ、こ、これは！」

自らの身体が眩《まばゆ》い光に包まれていく。

それと同時にこれまでにあった疲労感《ひろうかん》が抜け、枯渇《こかつ》していたはずの魔力がみなぎる。

なにより、自分の中の傷ついていた、欠けていた魔力回路が繋《つな》がっていくのを感じていた。

「こ、これなら、た、戦えます！」

光が収まった頃《ころ》には全盛期以上の魔力を帯びたフランフィリアが立っていた。

感激したフランフィリアは再びアタルを見るが、そこには未《いま》だライフルの銃口《じゅうこう》をフランフィリアに向けたままの彼《かれ》の姿があった。

「まだまだ！」

続けて弾丸《だんがん》を放つ。

一発目は身体強化弾。

そして二発目には魔力強化弾。

「もう一発」

フランフィリアは強い衝撃とともに身体に起こる変化に戸惑うが、力が無限に感じられるほど湧《わ》き出《で》てきていた。

ただでさえ魔力回路欠損という大きな枷《かせ》が一気に外れたことで力がみなぎっていたが、強化されたことで今ならどんなことでもできるような気持ちになっていた。

「えっ、ふえええええっ！　な、なんですかこれ！　すごい、すごいですよ！」

もう治らないとあきらめていたことが覆《くつがえ》され、更に全盛期を超える力を感じているという、とても信じられないこのできごとは、フランフィリアから語彙力《ごいりょく》を完全に奪っていた。

「さあ、氷の魔女、全盛期を超えた完全復活だ！」

これが最後だと、ニッと笑ったアタルは思い切りフランフィリアの背中をバシンッと叩《たた》いて気合の注入を行った。

「いったい！　けど、完全に目が覚めました！　行ってきます！」

痛みに驚きつつも湧き起《お》こる力から奮い立つ彼女に先ほどまでの弱気な姿はもうない。

飛び出していくフランフィリアを見送りながらアタルもライフルを構えて戦闘《せんとう》に戻る。

フランフィリアの得意な魔法は氷属性。

もちろん氷が多ければ多いほどに、フランフィリアの力が強化されていく。

「これが少しでも力になるといいんだが……」

アタルはアクアマリンドラゴンが生み出している水の玉を魔《ま》法弾《ほうだん》で狙う。

しかし、先ほどまでのように炎《ほのお》で相殺させるのではなく、氷の魔法弾で凍《こお》りつかせた。

それらは固まって落ちると、海の上にぷかぷかと浮かんでいる。

『なるほど、それならば水の玉をもう少し増やしてみようかのう』

すぐにアタルの考えていることを察したネプトゥスの声が久しぶりにアタルの耳に届く。

その言葉通り、海から水の玉がいくつも浮かび上がる。

「悪くないな」

ふっと笑ったアタルはそれらを氷の魔法弾で狙い、次々に氷の玉を作り出した。

「ありがとうございます！」

次々に生み出される氷の玉に気づいたフランフィリアはアクアマリンドラゴンまで二十メートルほどの場所まで移動しており、そこで舞《ま》うようにくるりと回りながら魔力を練り上げ、自身の特大魔法を詠唱《えいしょう》する。

「〝世界よ凍りつけ、氷結地獄《じごく》〟」

この魔法はスタンピードの際にも使った魔法であり、紡《つむ》いだ言葉も同じ。

フランフィリアが使える氷魔法の中でも最高位の魔法であり、あの時もかなりの威力《いりょく》だった。

「イフリア！　キャロとバルを連れて飛べ！」

アタルの指示が聞こえ、迷う間もなく言葉通りに行動したイフリアは高く高く上空に昇《のぼ》っていく。

同じ魔法だったが、明らかに前回とは異なることをアタルは瞬時《しゅんじ》に悟《さと》っていたため、少し慌《あわ》てた様子の指示だった。

『こ、これは……』

飛び上がりながら海面を見ていたイフリアは信じられないという気持ちになっている。

先ほどまでイフリアたちがいた場所は、フランフィリアを中心にして猛《もう》スピードで分厚い氷に呑み込まれた。

海面は完全に凍りついており、見渡《みわた》す限り氷の世界が作り出される。

前回と比べて圧倒的なまでに威力が上がっていた。

『な、なんだと……』

驚いているのはアクアマリンドラゴン、そして……。

「な、なんだよあれは！　あの女、あんな力を持っていたか？　ふ、ふざけるなよ！」

食い入るように叫ぶのは高みの見物を決め込んでいたラーギルだった。

フランフィリアを見た時に、大した力を持っていないと判断して、注意する必要もない相手だと彼は意識からきり捨てていた。

しかし、今状況を変えようとしているのは、誰がどう見てもそのフランフィリア。

彼女の氷はとどまるところを知らず、ラーギルたちをも呑み込もうとしていく。

「この俺に、そんな魔法を！　ふざっけるなあああ！」

ラーギルの怒りが頂点に達し、宝石竜二人はそんな彼を守るために彼の前に立つ。

「これで終わりではありませんよ……〝全て凍れ、凍結領域展開《とうけつ》〟」

彼女の詠唱とともに氷結地獄が広がる海上、そこから狙いすましたようにドンッと極太《ごくぶと》な氷柱《つらら》が立つ。

先に放った氷結地獄をも呑み込む、最強の氷魔法。

今までのフランフィリアであれば、全盛期の彼女だったとしても使うことができなかった。

しかし、本来の力を取り戻し、それが強化された今なら使えるという確信のもとに紡がれる。

氷は真っすぐラーギルたちへと勢いよく向かっていく。

「な、なんだと！」

その氷はそのままラーギルに向かい、あっという間に彼の右手を呑み込んで凍りつかせる。

「ラーギル様！」

必死に叫ぶ赤い宝石竜はとっさの素早い判断でラーギルの腕を切り落とすと、彼を抱《かか》えて上空に飛んでいく。

「はぁっ！」

そして、二人をかばうように前に出た緑の宝石竜が氷に向かって風のブレスをぶつける。

二つの強力な攻撃《こうげき》がぶつかりあうと、大きな爆発《ばくはつ》を起こした。

宝石竜二人はその爆風《ばくふう》にのってこの場を撤退《てったい》する選択《せんたく》をする。

「痛い、痛い、痛いよ！」

血を流しながら痛みに苦しむラーギルを連れて……。

「倒せませんでしたか……」

逃《に》げ去《さ》っていくラーギルたちを見つめているフランフィリアが悔しげにつぶやく。

彼女がラーギルたちを追《お》い払《はら》っている間に、アタルたちはアクアマリンドラゴンに止《とど》めを刺《さ》そうと動いていた。

「さすがにこうなったら戦うこともできないだろ？」

『ま、まだまだだー』

フランフィリアの魔法によって身体《からだ》の大部分が凍りついているが、それでもアクアマリンドラゴンはなんとか動こうとしている。

『これでおしまいだよ！　うおおおおおお！』

バルキアスが残った白虎の力を最大限に発揮して、腹に力強い体当たりをして、身体をくの字にさせる。

「終わって下さいっ！」

キャロが額の宝石に青龍の力と獣力《じゅうりょく》を全開にして斬《き》りつける。

するとピシッと音をたてて小さなヒビが入った。

『うがあああ……よ、よもや、私がこのような者たちに……』

「あまり、人を舐めるなよ」

ここでアタルとイフリアの合体技であるスピリットバレット（玄《げん》）が額の宝石に向かっていく。

『う、受けて、なるもの、か！』

最後のあがきとばかりに、ぶんぶんと必死に首を動かして弾丸を避けようとする。

「――いいえ、終わりですよ」

それはフランフィリアによる宣告であり、彼女の凍結領域がアクアマリンドラゴンの首から上までをも凍りつかせて、氷像のようにさせ、動かないようにする。

「強かったよ、じゃあな」

そのアタルの言葉とともに額の宝石は見事撃《う》ち抜かれて、アクアマリンドラゴンは絶命した。

第九話　戦いを終えて

アクアマリンドラゴンが倒され、暗雲が去って晴れた空は澄《す》み渡《わた》るように穏《おだ》やかな青色をたたえている。

「はあ……疲《つか》れました……」

そんな青空の下《もと》、氷の世界が広がる海上で疲労感からフランフィリアは膝《ひざ》をついていた。

久しぶりという言葉では生ぬるいくらいに、数百年以上ぶりに出した本気の全力の魔法行使。

更《さら》に言えば、全力を超《こ》える、現役《げんえき》時代にも使うことができなかった最強の魔法を使ったことによる身体への負担が、強い疲労感となって襲いかかっている。

「お疲れさん、その疲れは俺の強化弾の効果が切れたのもあると思うぞ。いずれにしても……良くやってくれた。今回の戦いはフランフィリアがいなければ勝てなかったな」

優《やさ》しい表情のアタルはフランフィリアの肩《かた》に手を置いて、彼女の労をねぎらっていく。

「い、いえいえ、アタルさんが力を貸してくれたおかげです！　あれほどの力が出せるとは思っていませんでした……一時のものだとしても、すごく、気持ちよかったです！」

　こんなふうに全力で魔法を使うことは、一生やってこないと思っていた。そんな夢のような体験ができたことをフランフィリアは幸せに思っていた。

「アタルさん、ありがとうございました！　みなさんの力になることができて本当によかったです……最期《さいご》にいい思い出をもらえました！」

　あれは一時的な処置だと思っていたフランフィリアは目尻《めじり》に涙を浮かべながら、アタルへと感謝を伝える。

「ん？　一時のもの？　最期にいい思い出？　……何をもってそう言っているのかわからないが、少なくとも魔力回路に関しては修復されているから今後も強力な魔法を使えるはずだぞ？　あー、まあ、最後のすごいやつは強化しないと使えないかもしれないが？

……って、どうかしたか？」

　なにを言っているんだというアタルの言葉に、フランフィリアはきょとんと目を丸くし、驚きから口を大きく開いて、アタルの顔を見ながら固まっている。

「……もしかして、全部が全部一時的な強化だと思っていたのか？」

　この質問に、フランフィリアは壊《こわ》れた機械人形のようにカクカクと何度も頷《うなず》いている。

「あー、そういえば勢いで強化していたから細かい説明はしていなかったな……説明、いるか？」

　この問いかけに、フランフィリアは何度も本気の頷きを見せる。

「わ、わかった。それじゃ説明をするが、最初にフランフィリアに撃ち込んだのは、強治癒弾（玄）といって、ネプトゥスを治療《ちりよう》した弾丸を更に強化したものだ。ネプトゥスと違って目に見える問題じゃなかったから、念のためだな。そのあとの二発はおまけだ」

治癒弾は、通常の治癒弾、強化された強治癒弾、更に今回使った強治癒弾（玄）の三種類の弾丸が存在する。

　しかし、どれか一つでも使ってしまうとしばらくの間は、同一人物には効果がでないというデメリットが存在する。

　そのため、徐々《じよじよ》に試すことはできず、最大威力のものを選択していた。

「そ、そんなにすごいものを私に、ですか？」

ネプトゥスの怪我を一瞬《いつしゆん》で治した凄《すご》さを知っているフランフィリアだからこそ、こんな言葉が口をついて出る。

「いやまあ、気にしなくていいさ。あれを使ったおかげでフランフィリアの本来の力を引き出すことができたし、あれがこちらの勝利の決定打だった。フランフィリアがいてくれて本当によかった、ありがとう」

アタルが言いながら優しく笑うと、フランフィリアは頬《ほお》を赤く染める。

「そ、そそそ、そんな風に言われると、ちょっと、照れてしまいますね……」

ずっと抱え込んでいた悩みを解決してくれて、しかも自身の存在を肯定《こうてい》してくれたことに対して、フランフィリアは照れに照れてもじもじしている。

「フランフィリアさああああん！　すごかったですっ！」

そこへキャロが飛びかからんばかりにやってきて、フランフィリアの正面から手をとる。

「キャ、キャロさん、ありがとうございます。キャロさんたちもすごかったですよ！　こんなに小さな身体であんな大きな敵とまともにやりあっていたなんて……」

アクアマリンドラゴンの攻撃を受け止め、ダメージを与《あた》えたキャロ。

最後の一撃は額の宝石にヒビをいれてとどめへと繋がる最高のアシストを決めていた。

改めてキャロを見ると、細い身体で、か弱い少女に見える。

そんな彼女が前線であれだけの戦いを演じていた。

「キャロさん……お疲れ様《さま》です」

思わず湧き起こる母性に似た気持ちから、フランフィリアは優しくキャロのことを抱《だ》きしめた。

その様子をアタル、そして戻ってきたバルキアスとイフリアは微笑《ほほえ》ましく見守っていた。

「にしても、この氷はなんとかしないとだな」

アタルは肌寒《はださむ》くなってきたため、フランフィリアの魔法によって凍りついた海を眺めて、白い息を吐《は》きながら肩を竦める。

『ならば、我《わ》が炎で少しずつ融《と》かしていくとするか』

子竜サイズに戻っていたイフリアは再びサイズを変えようとアタルたちから距離《きょり》をとろうとする。

そこへ海神ネプトゥスが海上に姿を現した。

「まあ、待て待て！　いや、これはとんでもない状況じゃの。これがまさか、一人のダークエルフが行った結果とは……なんにせよ、あやつらを撃退《げきたい》してくれたこと、礼を言おう。本当助かった、ありがとう」

「気にするな」

アタルはいつもの調子で返事をする。

「い、いえいえ、そんな神様が頭を下げるだなんてっ！」

「そ、そうです！　ネプトゥス様、頭をあげて下さい！」

キャロとフランフィリアは神たる存在が、自分たちに向かって頭を下げていることに驚《おどろ》いて、慌てていた。

「ほっほっほ、ワシなんぞ神といってもお主らに助けてもらわなければ、狂化させられたままだったものじゃ、そんな風に言われるとむしろむず痒《がゆ》い」

頭を軽く掻《か》くネプトゥスは、気まずそうな顔になっている。

「さて、感謝の気持ちはまだまだ伝えたりないのじゃが……まずはこの氷をなんとかしようかの」

しかし、すぐに切《き》り替《か》えてふっと柔《やわ》らかく微笑んだネプトゥスはトライデントを高く掲《かか》げた。

彼の力は海に関するもの。海神たるネプトゥスにとって海の操作はお手の物だ。

「我が海よ、本来の姿を取り戻せ！」

トライデントがネプトゥスの魔力を凍りついた海へと伝えていく。

すると、そこにあったはずの氷はあっという間に消えていき、元の状態に戻った。

「すごいな……」

「すごいですっ……」

「こんなことが……」

ネプトゥスは、氷を消したのでもなく、融かしたのでもなく、砕《くだ》いたのでもなく、文字通り元の状態に戻していた。

アクアマリンドラゴンだけは氷漬《づ》けのままで、海は穏やかな風景を取り戻した。

「ほっほっほ、あやつらを倒したお主らのほうが十分すごいんじゃがな。なんにせよ、これで海に平和が戻ることとなった……ん？　どうやらお迎《むか》えが来たようじゃな。それではワシは神殿《しんでん》に帰るとしよう。お主たちならばいつでも遊びに来るといい、歓迎《かんげい》するぞ。それでは、またのう」

楽しそうに笑ったネプトゥスは瞬時に姿を消して本来の場所へと戻っていった。

「おーい！　フランちゃあああああん！」

ネプトゥスが言っていたお迎えとは、船に乗ってやってきたセーラたちのことだった。

アタルたちに向かって大きく手を振る彼女が乗って来たのは大型船であり、船上には多くの冒険者の姿があった。

「セーラ、どうしたの？　そんなにみんなを引き連れて」

彼女たちは街での避難誘導《ひなんゆうどう》などを担当していたはずだった。

それが、わざわざこの場所までやって来たため、フランフィリアは驚いた様子で彼女の顔を見ている。

「どうしたの？　じゃないわよ。あんなに大きな音が何度もしていたら、私だって心配で来るわよ！　腕《うで》に自信がある人たちに声をかけて、ここまで来たのだけれど……もう、終わったみたいね……」

アタルたちはなぜか海の上に浮いており、少し離れた場所に凍った巨大《きよだい》なドラゴンが倒れている。この状況はアタルたちの勝利を示しており、慌てて駆《か》け付《つ》けたセーラから肩に入った力を奪《うば》っていた。

「お、おい、あのドラゴンをあいつらが倒したのか？」

「なんだあれは？　見たことがない種類だぞ……」

「というか、あいつらはなんで海の上に立っているんだ？」

「優男《やさおとこ》に女子供に魔物《まもの》？　一体どういう組み合わせなんだ？」

冒険者たちは、どうやってこんな状況になっているのか、アタルたちが一体何者なのかがわからず憶測《おくそく》や疑問を口にしていく。

「とりあえず、俺たちもあの船の上に移動するか」

アタルが言うと、それぞれの足元に水柱が生まれて、そのまま船まで連れて行ってくれる。これはネプトゥスによる最後のサービスだった。

「「「「…………えっ？」」」」

セーラを含《ふく》む全員が、何が起きたのか理解できずに口をポカンと開けて驚いていた。

「……まあ、今のは海の神の気まぐれだとでも思ってくれ。それよりも、わざわざ来てくれてよかった。船は港に置いてきたから帰りをどうするか困っていたんだよ」

「あいつら、確か港でドラゴンの背中にのっていたぞ……」

イフリアの背中にのって飛び立っていった姿は、今回やってきた冒険者のうちの数人にも見られていたため、そんな風にささやかれる。

「色々とツッコミたいところだらけなのですが……でも、空が晴れていて、海が穏やかになった変化に関しては、私たちもここまでくる道中で感じていました。みなさんが色々を解決してくれたんですね。ありがとうございます」

セーラは期待以上の成果を上げてくれたアタルたちに感謝の気持ちを込めて頭を下げた。

今回の依頼《いらい》の内容は、海底神殿の調査というものだった。

しかし、アタルたちはそれを上回る結果を残し、海で起きていた問題を解決してくれた。

そのことにはギルドマスターとして、街の代表の一人として、一住民として、セーラは心から感謝の気持ちを覚えており、それが言葉となって現れる。

「まあ、自然と戦う流れになっていたから気にしなくていいさ。それよりも、さすがに戦って疲れたよ。悪いんだが、あの俺たちが倒したドラゴンの解体、みんなで手伝ってもらえないか？」

アタルたちに強い疲労感があるのは、誰が見ても明らかであり、海に浮かんでいるドラゴンの傷を見れば戦いが壮絶《そうぜつ》だったことは冒険者全員に伝わっていた。

「もちろんだ！」

「街を守ってくれた恩人に報《むく》いよう」

「戦いはそれほどじゃないけど、解体だったら得意だよ！」

次々に解体に名乗りをあげてくれる冒険者たち。

その反応にアタルたちは自然と笑顔《えがお》になる。

「ですが……」

しかし、セーラは厳しい表情でアクアマリンドラゴンの死体を見ていた。

「どうやって解体しましょうか？　さすがに海の上でやるわけにはいきませんし、これほど大きなドラゴンともなると、この船で運ぶのは少々厳しいかと……」

セーラたちが乗ってきた船のエンジンは魔道具《まどうぐ》でまかなわれているが、それはあくまで大きな船を動かすためのものであり、アクアマリンドラゴンの死体のような大きく重いものを運ぶだけのパワーはない。

「確かに……それじゃイフリア、悪いが街まで運べるか？」

『無論だ』

即答《そくとう》したイフリアは巨大化《きょだいか》すると、アクアマリンドラゴンを抱える。

『先に戻っているぞ。とりあえず、港に運んでおく』

それだけ言うと、颯爽《さっそう》とイフリアは飛び立っていった。

「す、すげえ……」

「お、俺が見たのもあのドラゴンだ……やっぱりあいつらが……」

「いやいや、デカくなるのはおかしいだろ！」

「あのサイズのドラゴン、敵に回ったらやばいな」

冒険者たちは港で見た光景に確信を覚え、口々にイフリアに対する感想を言う。

その中で別の反応を見せる者もいた。

「確かに、デカいな……」

「あぁ、かなりのインパクトだ」

それは鼻の下を伸《の》ばしている髭面《ひげづら》の冒険者二人組だった。

二人の視線は飛んでいったイフリアにではなく、水着姿のキャロとフランフィリアに釘《くぎ》づけになっている。

どちらもが大きな胸を水着になんとか包まれているような状態であり、溢《あふ》れんばかりのボリュームを誇《ほこ》っている。

「……？　なにか、不埒《ふらち》な視線が……」

それに気づいたフランフィリアはキャロをかばうように立ち、鋭《するど》い視線を男たちに向ける。

自身だけならまだしも、キャロにそういった目線を向けているのが気に入らなかった。

「へ、へへへ」

「いいもの見せてもらってるぜ」

しかし、男たちはその視線に怯《ひる》むことなく、だらしない顔になっている。

「……そう、ですか。まあ、服装が刺激的《しげきてき》なので仕方ありませんが、あまりいい気分はしませんね」

全盛期の力を取り戻したフランフィリアは笑顔だが、目の奥《おく》は一切《いっさい》笑っていない。

「フ、フランちゃん！　あ、あなたたち！　早くどこか奥に、見えない場所に行って下さい！」

冒険者とフランフィリアの間に割り込んだセーラが慌てて二人に退避《たいひ》を命じる。

船上の空気がどんどん冷たくなっていくのを感じ取ったためである。

「な、なんだか寒くないか？」

「た、確かに……うぅ」

この変化に気づく者が徐々に増えてくる。

比較的穏《ひかくてきおだ》やかな気候のはずが、だんだんと吐く息が白くなっていく。

「まあ、男ってやつはそういうもんなんだよ。というわけで、これを羽織っておけ」

呆《あき》れたように肩をすくめたアタルは後ろからフランフィリアへ上着をかける。

既《すで》にアタルもキャロも上着を羽織っており、肌《はだ》を隠《かく》していた。

「ア、アタルさん……」

「キャロもフランフィリアも魅力的《みりょくてき》だから仕方ない。ただ……あんまり下心丸出しで女性を見たりすると、痛い目にあうから気をつけたほうがいい――な？」

いやらしい視線を向けていた冒険者たちをけん制するように睨《にら》んだアタルは、フランフィリアの肩に軽く手を置いて同意を求める。

「そ、そそ、そうです、ね。はい……」

魅力的などと身近な男性に言われたのは久しぶりであり、しかもその相手が憎《にく》からず思っているアタルとあって、フランフィリアは動揺《どうよう》し、顔を真っ赤にしていた。

「ふふっ、フランちゃんよかったわね……さあ、みなさん。ちょっとしたトラブルはありましたが、男性諸兄《しょけい》は女性にはちゃんと敬意を払うということでお願いします。そして、街に戻ったら、あの巨大なドラゴンの解体が待っていますよ！　今のうちに道具の準備や、解体イメージを高めて下さい！」

冒険者もそれなりに人数はいるが、あれだけの巨大なドラゴンを解体するとなると、相当な時間と労力がかかることはわかりきったことである。

それゆえに、冒険者たちは真剣《しんけん》な表情になって、待ち受けている大解体に向けて準備を始めていた。

「セーラ、解体したら素材はみんなで分けてもらっていいが、魔核《まかく》だけは俺に譲《ゆず》ってくれ」

「そ、それはもちろんです。最も高い部分ですから……って、違《ちが》うんですか？」

欲《ほ》しい理由が違うと、アタルはセーラの言葉にゆっくりと首を横に振っていた。

「……あれは、そういうものじゃない。あれを使ってもっと凶悪《きょうあく》な、それこそ伝説級の怪《かい》物《ぶつ》を蘇《よみがえ》らせようとしているやつがいる」

アタルは声をひそめて、セーラにだけ聞こえる大きさで話す。

「⁉」

セーラは声を出さないように口元に手をあてて驚くと、すぐにフランフィリアを見る。

長い付き合いの彼女《かのじょ》に信頼《しんらい》を置いているため、思わず彼女を見てしまった。

アタルがセーラに何を話したのかはフランフィリアにもわからなかったが、セーラの視線が何かを問いかけているのはわかっており、それはアタルが口にした、きっととんでもないことが本当なのか尋《たず》ねているのだろうと予想できた。

そのため、硬《かた》い表情の彼女は全《すべ》てその通りだと大きく頷いた。

「……他《ほか》の冒険者《ぼうけんしゃ》やギルドで保管するよりもみなさんが持っていたほうが安全ですね。わかりました！　魔核に関しては私が責任をもって回収、そしてアタルさんに確実にお渡しします」

街に残しておけば、街が襲《おそ》われる危険性がある。

そう考えれば、信頼できて実力のあるアタルたちに託《たく》すのが最善手だとセーラは判断していた。

「頼《たの》んだ、それ以外の素材は好きにしてくれて構わない」

そうしているうちに、一行は港へと戻ってくる。

到着《とうちゃく》すると、既にそこにはイフリアによってアクアマリンドラゴンの死体が届けられており、興味を持った住民たちがやじ馬で集まってきていた。

「みなさん、お下がり下さい！　これからこの魔物の解体作業が始まります。作業は我々冒険者ギルド主導で行います。参加希望者は手続きを行いますので、冒険者ギルドカードを準備してお並び下さい！」

セーラがそう声をかけながら駆け付けていたギルド職員たちと作業に当たっていく。

何かあった時のために、外でも手続きをできる魔道具を用意しており、フランフィリアに同行していたギルド職員が解体依頼についての手続きを行っていく。

それらが終わると、早速《さっそく》解体作業になっていった。

解体技術によって担当場所が振《ふ》り分《わ》けられていき、それぞれの技量に見合った場所で解体作業が行われた。

魔核や額の部分に関してはセーラ、そしてサブギルドマスターの監視《かんし》のもとで作業が行われていた。

アタルたちも解体に名乗りをあげたが、アタルをはじめとした今回海底神殿の調査に向かった面々の疲労の色は濃《こ》く、セーラによって強制的に休憩《きゅうけい》に入ることとなる。

その指示は的を射ており、アタルたちは解体が全て終わるまで宿でぐっすりと眠《ねむ》ることとなった。


それから解体作業が終わるまでアタルたちは休憩をしていた。

しかし、その解体作業が全て終わったため、アタルたちは結果報告を受けにセーラのもとへとやって来ていた。

「お疲れのところ申し訳ありません。解体が全て完了《かんりょう》しましたので、みなさんの取り分をお渡しするのと、少しお話を聞いておきたかったので……」

呼び出した本人だとは言え、疲れが取れ切れていない様子のアタルたちを見て、セーラは申し訳なさそうに言う。

アタルたちは、まだ眠気《ねむけ》から完全に覚めているわけではなく、眠そうな表情でギルドマスタールームへとやってきていた。

時間にしてみれば、休憩に入ってから既に八時間が経過しており、外も暗くなっている。

それだけ寝《ね》ても、未だ疲労の渦中《かちゅう》にいるほど、アクアマリンドラゴンとの戦闘が激しいものであった。

「構わないさ。少し眠いだけだから、話をするのは問題ない。それで報告があるんだろ？」

「はい。アタルさんたちへお渡しする素材ですが、こちらになります」

部屋の中央にある大きなテーブルの上には布がかけられており、それをセーラが取《と》り払うと、そこにはアクアマリンドラゴンの素材が並べられていた。

「まず、こちらが絶対に確保するようおっしゃっていた魔核になります。それから、額のあたりに残っていた宝石の欠片《かけら》。爪《つめ》が十本、牙《きば》が二本になります」

セーラが順番に紹介《しょうかい》していくが、アタルは怪訝《けげん》な表情になっている。

「あれ？　どうかされましたか？　もしかして、魔核以外にも必要な素材がありましたか？」

思っていた反応ではなかったためセーラが確認《かくにん》するが、アタルは首を横に振る。

「いや、俺《おれ》は魔核だけもらえればよかったんだが、こんなに貰《もら》ってもいいのか？」

解体に参加した冒険者はかなりの人数がいたため、アタルは魔核だけもらえれば十分すぎる割り当てだと考えていた。

「いえいえ、貰っていいんですよ！　むしろ今回の依頼においてアタルさんたちの貢献度《こうけんど》はダントツですから！　それ以外の方々は鱗《うろこ》一枚や骨一本で十分な報酬《ほうしゅう》になっているんです。みなさんは、今回の成果をもっと誇ってよろしいと思います！　そもそも宝石竜《ほうせきりゅう》に勝てるだけの実力をもっている冒険者はこの街にはいませんから！」

遠慮《えんりょ》しなくていいと大きく手を振ったセーラはアタルたちがどれだけのことをやってのけたのかを熱く語っていく。

「評価してくれるのはありがたいが、解体に全く参加しなかった俺たちの割り当てがこんなに多くてもいいのかと思ったもんでな」

「もちろんです！」

今度は食い気味で言ってくる。

「あ、あぁ、わかった。とにかく、今回の素材はありがたく貰っておこう。そうそう、フランフィリアにはこの爪五本でいいか？」

今回の戦いにおいてフランフィリアの活躍《かつやく》がなければ勝てなかったため、十本ある爪の半分を彼女に譲ると提案する。

「えっ？　いえいえ、私は勝手に自分から参加しただけですし、アタルさんのおかげで本来の力を取り戻《もど》せました。これ以上、何かをもらうわけには……」

アタルたちで向かうところを、役にたてると自分から立候補したフランフィリアは、自分にまで取り分があるとは思っていなかった。

「まあまあ、いいからもらっておけって、ほら」

「えっ！　えっ！　ア、アタルさん！」

強引《ごういん》に押《お》し付けられる形で次々に五本の爪が渡されるため、フランフィリアはひとまず受け取りながらも困ってしまっていた。

「別に俺たちはそんなに素材を必要としていないからいいんだ。そんなことよりも、二人には話しておかないといけないことがあるんだ。聞いてくれるか？」

アタルは獣人の国でも王をはじめとする重鎮《じゅうちん》に宝石竜の情報を流していた。

今回はフランフィリアも実際に宝石竜と戦っており、その友人でありギルドマスターであるセーラ。

この二人にも知っておいてもらう必要があると考えていた。

「わかりました、聞かせて下さい」

「お願いします」

真剣な様子のアタルに対して、ギルドマスター二人も姿勢を正す。

そこからはアタルたちがこれまで戦ってきた四神の玄武《げんぶ》、白虎《びゃっこ》、青龍《せいりゅう》の話。

その四神が邪神《じゃしん》側に属していた話。

邪神側の神とも戦った話。

そして宝石竜の話、八体目の宝石竜を復活させるために七体分の魔核が必要になるという話。

最後の宝石竜の力は他の七体を凌駕《りょうが》するという話。

フランフィリアは海底神殿で聞いた話もあったが、改めて詳細《しょうさい》な説明つきでの話だったため、終始真剣に聞いていた。

そして、話が終わった時には二人とも険しい表情になっていた。

「俺たちは獣人の国からここにやってきたんだが、そこでも戦力を整えてもらうように話をしておいた。Sランク冒険者もいたから、そいつも腕を磨《みが》いているはずだ。だから、二人にもそれぞれの街の冒険者の強化を考えておいてほしい。どこが戦場になるかわからないからな……」

強制はできない。

しかし、少しでも被害《がい》を減らすためには各地で実力者が増えることは急務、というのがアタルの判断だった。

「わかりました、この街の冒険者の能力はあまり高くありません。底上げが必要だというのは私も感じていました。訓練、装備、依頼内容、色々を見直していきます」

「私も戻ったら、すぐに動かないと……」

二人とも今までは冒険者の自主性に任せており、力のあるなしはそれぞれの冒険者次第だと思っていた。

だがそれでは、強力な魔物と戦える者が育つのは難しい。

例外的にフェウダーのような実力者がふいに現れることはあるが、全体のレベルをあげるにはギルドとしても方策を考えなければならなかった。

「さて、これで俺からの話は終わりだ。あとの判断は二人に任せる」

役目は終えたと、アタルは肩から力を抜《ぬ》いてソファに身体《からだ》を預ける。

それも一瞬で、すぐに身を乗り出す。

「さて、本題に入りたいんだが……いいか？」

「「えっ？」」

ここまでの話はかなりの熱量を持っているものであり、フランフィリアとセーラは今のが本題ではなかったのかと目を丸くして驚いている。

「——いいか？」

アタルにとって、ここからの話が最も重要なものであり、先ほどよりも気合が入っているのを二人は感じ取っていた。

第十話　獣人街へ

「俺たちは雷獣《らいじゅう》の角を取ってきた。海底神殿の調査にも行ってきた。そして、調査だけじゃなく海底神殿にいる神を解放してきた。更に、今回の問題の元凶《げんきょう》に関してもなんとかしてきた。もちろんフランフィリアの協力あってのものだがな……なんにせよ海は落ち着きを見せている」

アタルの言葉に部屋にいる全員が頷いている。

「俺たちがそれらを片づけてきたのは全て、獣人がいるエリアで情報を集めるためだ」

覚えているか、と確認するようにアタルはそう言って、セーラの目を見る。

「そ、そうでした……すみません。あまりにとんでもない話を立て続けに聞いたため、すっかりそのことが抜け落《お》ちていました……」

それが今回の一連の流れの発端《ほったん》であることをセーラは完全に忘れていた。

しかし、忘れていたのは彼女だけではなかった。

「そ、そうでしたっ。あまりに目まぐるしく色々なことが起きたので忘れていましたっ！」

ハッとしたような表情で慌《あわ》てるキャロ。

彼女の両親の情報を得るがためのことだったが、当のキャロすらも忘れるほどに、今回の戦いは壮絶なものだった。

「まあ、そうは言っても、俺も戦っている最中はこのこと忘れていたから同じようなもんだけどな……それで、なんとかしてくれるのか？」

二人を責めるつもりはなく、アタルは肩を竦《すく》めながら飄々《ひょうひょう》とした様子で確認する。

「もちろんです！　みなさんが雷獣の角を取りに行っている間に、ちゃんとあちらに連絡《れんらく》を取っておきました。ただ普通《ふつう》に獣人街《じゅうじんがい》へ行っても情報を集めるのはなかなか難しいので、情報通の方にお願いしてあります」

セーラはアクアマリンドラゴンの襲来《しゅうらい》でついど忘れしていただけで、しっかりとアタルたちの成果に報えるように裏で動いていた。

「ほう、それはありがたい。むやみやたらに聞きまわることをしなくて済むのは助かるな」

「はいっ！　セーラさん、ありがとうございますっ！」

キャロはこれで両親の情報に近づけるかもしれないという思いが膨《ふく》らみ、笑顔になっていた。

「道案内役もお願いしておいたのですが……今日はもう遅《おそ》いので、明日の昼過ぎ以降で大《だい》丈夫《じょうぶ》でしょうか？　案内役の方が昼間の仕事をしていらして、それが終わってからになるので、お昼ご飯を終えてもう少ししてからになると思います」

セーラは案内役が言っていた条件を思い出しながら確認をとる。

「反対する理由はない。大体それくらいの時間に来ることにする……それじゃ、帰ってもいいか？　ちょっと、まだまだ、眠い……ふわあ……」

必要な話を終えたワタルは気が抜けたのかあくびをする。

「ふふっ、やはりお疲れですね。今日はゆっくり休んで下さい」

キャロとフランフィリアは眠気に抗《あらが》って耐《た》えているが、バルキアスは丸まって眠っており、イフリアも子竜状態でバルキアスの上にのって眠っている。

「そうさせてもらうよ。キャロ、二人を起こしていくぞ」

「はいっ！」

キャロは返事をするとバルキアスとイフリアを起こしにいく。

軽く揺《ゆ》すっても起きる様子がない。

「も、もう、起きて下さいっ！」

そして、強めに揺らすと今度は渋々《しぶしぶ》ながら二人が目を覚ましていた。

「フランフィリア、今回は本当に助かった。ありがとうな」

改めてアタルはフランフィリアに礼を言う。

何度言っても足らないくらいには、彼女がいてくれたことに感謝していた。

アクアマリンドラゴンとの戦闘《せんとう》はアタルたちだけではどうにもならなかったため、フランフィリアが全盛期の力を取り戻せたことは彼《かれ》らにとって勝利のカギだった。

「こちらこそ、私の問題も解決してくれて、本当にありがとうございました」

フランフィリアは力を取り戻したことで自信を取り戻していた。

そのことは感謝してもしきれず、清々《すがすが》しい表情で深く深く頭を下げる。

「ははっ、大げさだな。……ふわあ、やっぱもう駄目《だめ》だ。宿に戻らせてもらうよ。それじゃあ、またどこかで」

「フランフィリアさん、ありがとうございましたっ！　さあ、二人とも行きましょうっ！」

キャロも礼を言い、再び眠りの世界に旅立とうとしているバルキアスとイフリアをなんとか起こしながら部屋を出て行こうとする。

「はい、お二人ともお元気で。私も色々と動いてみます！」

フランフィリアとアタルたちは、これでまたしばらく会うことはないと双方《そうほう》が確信している。

もしかしたら、もう今後会うことはないかもしれない。

それでも、またそのうちこうやって顔を合わせることになるだろう。

そんなことを互《たが》いに薄《う》っすら感じての明るい別れとなった。


アタルたちが部屋を出ていくと、ギルドマスタールームにはフランフィリアとセーラの二人だけが残る。

「ふう……フランちゃんに聞いてはいたけど、本当にとんでもない人たちね」

セーラはアタルたちの足音が聞こえなくなったのを確認してから、ぐったりとソファに座《すわ》り込んで疲《つか》れた様子でフランフィリアに声をかける。

「ふふっ、そうでしょ？　といっても、私と一緒《いっしょ》に戦った頃《ころ》から考えて、何倍にも強くなっていたわ。しかも、仲間も増えていて、その仲間もとんでもない実力をもっていたのよ。本当にとんでもない人たちよね」

頬に手をやりつつ苦笑《くしょう》するフランフィリアもセーラと二人になったことで、肩《かた》の力が抜けていた。

「あれでBランク冒険者だというのだから、実力が表に出なさすぎでしょ」

「そこなのよね。ここに来るまでにはいくつもの街があって、冒険者をしているのだからそれなりに依頼をこなしてきたでしょうに……」

あれほどの実力をもっているにもかかわらず、未《いま》だにBランクというのは評価と能力に乖離《かいり》がありすぎるというのが二人の共通認識《にんしき》であった。

「しかも、世界を揺るがすようなとんでもない事件に巻き込まれていて、神様の力を持っていて……」

「それなのに、一番大事なのがキャロさんのご両親の情報を得ることというのが、またね」

ありえないほどの高い実力に、壮絶な経験、そんな数奇《すうき》な運命であるにもかかわらず、仲間のことを第一に考えているアタルに対して、二人は好印象を持っていた。

「なんにせよ、明日はキャロさんのご両親の情報が手に入るかどうか……とても大事な日になるわ」

「責任重大ね。頼んだわよ?」

「ほんと、最初に思っていたよりとんでもなく大事なことになったわ。精一杯《せいいっぱい》やらせてもらうけれどね」

「ふふっ、頑張《がんば》って」

二人はその後もアタルたちの話や、近況《きんきょう》報告など、夜遅《よるおそ》くまで話し続けることとなった。

翌日

アタルたちは約束どおりの時間にギルドマスタールームにやってきたが、案内役の仕事が押しているらしく、出発時刻は予定より数時間遅《おく》れることとなる。

「すまない」

部屋に入ってくるなり、案内役のサイの獣人男性は深々と頭を下げた。

立派な角が生えた大柄《おおがら》な男で、無骨ながらも礼儀《れいぎ》正《ただ》しそうな印象を受ける。

「ま、まあまあ、そんなに頭を下げなくても。お願いしたのはこちらの方ですし、お仕事が忙《いそが》しいのは仕方のないことです。大丈夫《だいじょうぶ》、ですよね？」

深刻そうに謝《あやま》る男に、セーラはなんとか場をとりなそうとする。

「あぁ、俺たちは気にしていないから安心してくれ。むしろ、そんな忙しい中、わざわざ時間をとってくれて助かるよ」

「はいっ、今日はよろしくお願いしますっ！」

アタルもキャロも全くといっていいほど遅れたことを気にしておらず、むしろ久しぶりにゆっくりと時間を使えたことを楽しんでいた。

「そう言ってくれると助かる。俺の名前はバンブ、見てのとおりサイの獣人だ。今回は獣人街にいる物知りのファムじいさんのところへ案内するのが俺の役目と聞いている。よろしく頼む」

素直《すなお》に謝罪をできるところから、アタルたちは彼に好印象を抱《いだ》いていた。

「さて、どこまで聞いているのかわからないが、あの場所に入れるのは獣人と一部の信頼されている人物だけだ。そして、人族は絶対に立ち入ることが許されない」

「そうか……それは初耳だな」

アタルは何で言わなかったんだといわんばかりに冷ややかな視線をセーラに送る。

「あ、あはは、言っていませんでしたっけ？　いやあ、ちょっとあのエリアに人族が入るのは、難しいんですよねえ……でも、ほら！　だから、バンブさんに案内兼《けん》護衛をお願いしたんですよ！　こう見えてバンブさんは元冒険者なんですよ！　それに、今はシェフなので、不埒な輩《やから》は簡単に料理してくれます！」

料理人が悪人を料理する——旨《うま》いことを言ったと思っているセーラは、必死になんとか誤魔化《ごまか》そうとキラキラした笑顔でアタルたちの反応を待っている。

「まあ、俺が行けないのはわかった。でも、こいつらは一緒に行けるだろ？」

ため息交じりのアタルはバルキアスとイフリアを指さす。

「ふむ、契約《けいやく》している魔物か……問題はないだろう。あくまで拒絶《きょぜつ》されているのは、純粋《じゅんすい》な人族のみだ」

「なら、バル、イフリア、お前たちはキャロについていってくれ。そうすれば安心だ。キャロは強いが、それでも女の子だからな……」

キャロの戦いぶりを知っている者ならば、アタルの言葉は過保護ともとられない。

しかし、彼は獣人の国でキャロが誘拐《ゆうかい》された時のことを今でも気にしていた。

「アタル様、私なら大丈夫ですよっ！」

笑顔でそう口にするキャロだったが、それでもアタルの表情は冴《さ》えない。

「なにかあった場合俺が命に代えても守ると誓《ちか》おう。そっちの狼《おおかみ》と子竜もそれなりには戦えるのだろう？」

バンブはそう言って、バルキアスとイフリアを顎《あご》で指し示す。

『ガウッ！』

とバルキアスは返事をして、イフリアは無言で頷《うなず》く。

「わかった、まあ昨日の戦い程《ほど》の危険がそうそうあるとは思えないが、それでも用心はしていってくれ」

「引き受けた」

「はいっ！」

『ガウッ！』

『キュー』

アタルの言葉に四人は力強く返事をする。

「それじゃ、早速出発しよう。俺のせいで遅くなってしまった。できれば暗くなる前に帰ってきたい……」

なにかあるのか、バンブは緊張《きんちょう》した面持《おもも》ちで窓から空を眺《なが》めてから、少し急ぎ足で部屋を出て行こうとする。

「それではアタル様、行ってきますっ！」

それにキャロがついていき、バルキアスとイフリアも一緒に出て行った。

ついていけないことにアタルは最後まで思うところがあったようで、キャロたちが出て行ったあとも扉《とびら》を見つめていた。


「――嬢《じょう》ちゃん、なかなか心配性《しんぱいしょう》の仲間で大変だな」

店から離《はな》れたところでバンブがキャロに話しかける。

「ふふっ、アタル様はすごく優《やさ》しい方なんですよ。アタル様があれだけ心配するのも、以前私が誘拐されてしまったからなんです。その時もちゃんと助けに来てくれたんですよっ！」

笑《え》みをこぼしたキャロはアタルのすごさを自慢《じまん》したくてこの話をしたが、バンブは虚《きょ》を衝《つ》かれ驚《おどろ》いていた。

「誘拐、された？　……前言撤回《てっかい》だ。そりゃ心配して当然だ。いい仲間じゃないか」

「ですよねっ！」

アタルの良さをわかってくれたことにキャロはニコニコと笑顔になる。

「――やれやれ、あいつがいいやつだというのはわかったが、これは俺ももっと真剣にならんといかんな」

アタルが過保護なのかと思っていたが、そうでもないと分かったバンブはぐっと表情を引《ひ》き締《し》めると、ずんずんと先頭を歩き獣人街への入り口へと向かっていく。

そこへは港を通って向かう。

同じような大きな倉庫が並んでいる道を抜けて、更《さら》に進んだ少し薄暗《うすぐら》い狭《せま》い場所に小さな関所のような場所があった。

「あそこだ。入る者はここでチェックされる。もちろん人族はあそこで追い返されるんだ」

説明するバンブの声はやや小さな声になっている。

そのことからも、既に危険な場所に足を踏《ふ》み入《い》れていることがキャロにも伝わっていた。

口には出さないが、キャロもバルキアスもイフリアもどこからか見られている視線を感じ取っていた。

反応しないのは、相手の出方が読めないのとバンブが何も言わないためである。

「おう、通してもらっていいか？　俺と、こっちの嬢ちゃんと、そっちの狼と子竜だ。そっちの二匹《ひき》は嬢ちゃんの使い魔になる」

何度も通ったことのあるバンブが気安く声をかけるが、関所を守る門番は見慣れないキャロたちのことをジロジロと見ていた。

門番は筋肉質な黒豹《くろひょう》の獣人で、右目が大きく傷ついてふさがっている。

山賊《さんぞく》のようなラフな格好をしていて、戦いになれていそうな雰囲気《ふんいき》を持っている。

年齢《ねんれい》はアタルと同じくらいで、身長はアタルより少し低いくらいである。

「……どういう理由だ？　あんたはいつものことなんだろうが、そっちの一人と二匹はなんのためにこんな場所にやってきた？」

警戒《けいかい》するように低い声で門番は問いかけた。

新しい顔を入れるということは、それだけトラブルの可能性も増えるというものである。

だからこそ、彼は慎重《しんちょう》に慎重を重ねている。

「私が小さい頃に別れた知り合いがいるかもしれないんです。可能性は低いかもしれませんが、それでも何か情報が少しでも手に入れられれば、って！　そう思うんですっ！」

嘘《うそ》はつけないとキャロは真剣な表情で、真実を口にして門番に訴《うった》えかけた。

「……」

しばし見合うような形になるが、キャロも門番も視線を逸《そ》らさない。

「――はあ、わかった。あんたとそっちの二匹は護衛役ってことだな……まあ、何が起こっても俺たちは関与《かんよ》しない。仮に殺されても犯人を捜《さが》し出すなんてことはしない。そう覚《かく》悟《ご》して……いるみたいだな。いいさ、入れ」

キャロの真剣な様子に門番は諦《あきら》めたようにひとつため息をつくと、関所の扉の鍵《かぎ》を外して通行を許可する。

扉を開けてすぐ目に飛び込んできたのは少し薄暗い家々が密集しているエリア。

人の通りはそれほどなく、それぞれ建物の中に潜《ひそ》んで静かに暮らしているようだ。

スラムというほど荒《あ》れてはいないようだが、表通りを知っている者からすればここに進んで来たがる者はいないだろうと思わせる街並みが広がっていた。

「行くぞ」

硬い表情のままバンブはそう低く呟《つぶや》くと先に足を踏み入れる。

続いてキャロ、最後をバルキアスと背中に乗ったイフリアが通行する。

このフォーメーションはここに来るまでに話し合ったもので、キャロを守るためのものだった。

「改めてこうやって前と後ろを守っていただくと、大袈裟《おおげさ》な気がしてきます……私も戦うことはできるのですが……」

最初はキャロも渋々納得《しぶしぶなっとく》したが、ここにきて実際にフォーメーションを目の当《まあ》たりにすると、いつもと違う立場にどこかむず痒《がゆ》さを感じていた。

「それはダメだ。あいつと約束をしたからには、嬢ちゃんを守ることが第一だ。それにここには戦うことを目的に来たわけじゃないだろ？　嬢ちゃんの両親を、もしくは両親の情報を集めに来たんだ。自分の身を守ることと、本来の目的を達成すること、それを最優先に考えろ」

バンブは立ち止まって振り返《かえ》り、真剣な表情でキャロに言い聞かせた。

「……わかりましたっ！　わがまま言ってごめんなさいっ！」

気遣《きづか》いを感じ取ったキャロはバンブの言葉を噛《か》みしめる。

そして、ここに来たこと自体が、自身の用件であることを再度思い出すと、気持ちを切《き》り替《か》えた。

「いい顔だ。とにかく話を通してある情報通のファムじいさんの場所に行くぞ。あいつは最古参だから嬢ちゃんの両親のことも知っているかもしれない」

「わかりましたっ！」

キャロは元気よく返事をして、バンブのあとについていく。

この場所に関しての情報を最も多く持っているのはバンブであり、案内をしてもらう立場のキャロは彼に従うのが最善手であると考えた。

そこからは無言で進むバンブだったが、四人とも周囲への警戒を怠《おこた》らずに進む。

関所の前でも感じたように、どこからか見られている気配を四人は感じていた。

それは今も継続《けいぞく》している。

壊《こわ》れた建物の隙間《すきま》から、屋根の上から、姿を完全に隠したままキャロたちの気配を探《さぐ》っている。

「……重い空気の場所ですね」

少し悲しげな表情のキャロがポツリと漏《も》らす。

「あぁ、ここはそういう場所だ。基本的にはな……いいやつもいる」

いいやつもいる――バンブがそう言った理由をキャロはわかっている。

仮にキャロの両親がここにいるかもしれない可能性を考えてバンブは気を使ってくれていた。

「ありがとうございます」

そんなバンブの優しい気持ちを感じ取ったキャロは自然と柔《やわ》らかい表情になり、彼に聞こえるか聞こえないか、わからない程度の小さな声で礼を言う。

当のバンブは反応を見せずに、目的の場所へと真っすぐ向かっていた。

「目的地はここを真っすぐ行ったところだ」

バンブがそう言ったのとほぼ同時で、どこからともなく現れた人相の悪い男たちがその道を塞《ふさ》いでいく。

横幅《よこはば》は三メートル程度で、ある程度の広さがある。

しかし、それを塞ぐだけの人数が集まってきたことに苛立《いらだ》ちを覚えたバンブは眉間《みけん》にしわを寄せた。

「おい、俺たちはこの奥《おく》に用事があるんだ。どいてくれ」

バンブが少し語気を強めて言うが、男たちはニヤニヤと笑っているだけで返事をしない。

「聞こえてないのか？　ついている耳は飾《かざ》りなのか？」

あえて馬鹿《ばか》にしたようにバンブが挑発《ちょうはつ》すると、男たちの顔がぴくぴくと引きつり、一気に空気が変わった。

「おいおい、お前らあからさまな挑発にのるんじゃねえよ！　――よう、こいつらは馬鹿だから安い挑発にのるかもしれんが、俺は違《ちが》うぞ」

最初に現れた男たちの肩をたたきつつ後ろの方から、呆《あき》れた口ぶりで男たちのリーダーと思われる犬の獣人男性が数歩前に出る。

人相が悪い中でも比《ひ》較的《かくてき》整った顔立ちをしており、あごヒゲだけはやして、バンダナを頭に巻いている。

彼は一人余裕《よゆう》のある表情でキャロたちの様子を見ていた。

「そういうお前も馬鹿なやつらの中では、少しは弁がたつようじゃないか」

男たちの態度を考えると、何を言ってもいい状況《じょうきょう》にはならないと考え、バンブも敵対心をむき出しにしている。

「はんっ、そんな態度をとっていると最悪な結果になるぞ……お前たち関所の向こうから来たんだろ？　そっちの嬢ちゃんなんかここには似つかわしくない綺麗《きれい》な顔をしている。なあ、お前たち！」

犬獣人の男が仲間に声をかけると、下品な笑いとキャロをからかう声があがる。

主にその豊満な胸元《むなもと》に視線が釘付《くぎづ》けになっていた。

「あのっ、すみませんがここを通してもらえますか？　私たちはあなたたちではなく、この奥に用事があるので、通してもらえないと困ってしまいますっ」

事を荒立《あらだ》てては心配していたアタルを裏切ることになると、キャロは穏《おだ》やかな口調で犬獣人の男に声をかける。

「ははっ、俺たちにそんな口を叩《たた》けるとはいい度胸をしているじゃねえか。だが、ダメだ！　そうだな、持っている物全部置いて、裸《はだか》になっていけば許してやってもいいぞ。通りたかったら、嬢ちゃんの身体で通行料でも払《はら》ってもらわねえとだなあ！」

ゲラゲラと笑う自信に満ちたリーダーの発言を後押《あとお》しするように再び男たちが笑い出す。

しかし、それに構わずキャロは歩を進めていた。

「お、おい嬢ちゃ……」

バンブが慌てて止めようとするが、そこで言葉をのみ込んだ。

キャロの身体からオーラのようなものが湧《わ》き出《で》て、空気が揺らいでいるのが見えた。

しかもそれが普通の気配ではなく、獣人がもつレアな能力の獣力がこめられており、本能的にバンブは気圧《けお》されていた。

「――それなら、強引に通らせてもらってもよろしいですか？」

「あん？　何を言って……」

下品に笑っていた犬獣人の男もここで何かがおかしいことに気づく。

嫌《いや》な予感を抱くほど美しくにっこりと笑顔《えがお》のまま歩いてくるキャロが近づくにつれて、犬獣人の男は自らが何かに押されているような錯覚《さっかく》に陥《おちい》る。

「それでは……おやすみなさい」

一番手前にいた犬獣人の男の耳に優しく語りかけるようなキャロの声が届いた時には、彼女《かのじょ》は男の目と鼻の先ほど前に立っていた。

「えっ……？」

その声を最後に男は意識を失い、がくりと膝《ひざ》からくずおれる。

何が起こったのか、キャロ本人とバルキアスとイフリア以外には誰《だれ》も理解できずにいた。

「さて、この方はどいてくれたみたいですが……みなさんはどうしますか？」

笑顔で尋《たず》ねるキャロに、男たちの背中に冷たいものが走る。

何をしたのかはわからないが、普通じゃない――それが男たちの共通認識だった。

しかし、リーダーである犬獣人がやられたとあっては、このまま引き下がることもできない。

「お、おい！　みんなで囲むぞ！」

男たちは慌てた様子でキャロを囲んでいく。

残ったメンバーのうち、既《すで》に倒《たお》れたリーダーに一対一で勝てる者はいない。

となっては、人数で圧倒《あっとう》するしか手は残っていなかった。

「やはりそうなりますよね」

だが、キャロから動揺《どうよう》は微塵《みじん》も感じられない。

多数の敵を相手にするのは既に何度も経験済みであるため、この状況がピンチだとは全く思っていなかった。

あえて武器を出さずにいるのも、この男たち程度の相手ならば素手《すで》で十分だと思っていたためである。

「じょ、嬢ちゃん！」

もうだめだとバンブが飛び出そうとするが、するりと滑《すべ》り込むようにバルキアスが割り込んでバンブの行動を邪魔《じゃま》する。

「おい！　犬っころ！　嬢ちゃんがピンチなんだぞ！」

アタルとの約束を守ろうと先に進みたいバンブがバルキアスを怒鳴《どな》りつける。

それでもバルキアスは動かず、ただ視線をキャロに向けるだけだった。

「なんだ……？　うお！」

バンブがそちらの方に目線を向けると、キャロの近くには既に意識を失った男たちの山が出来上がっていた。

「――まだ、やりますか？」

武器はもたず拳《こぶし》のみで戦うキャロだったが実力は圧倒的《あっとうてき》であり、全《すべ》て一撃《いちげき》で意識を刈《か》り取《と》っている。

その光景をバンブは唖然《あぜん》として見ていた。

「……これは、あいつはやはり過保護かもしれんな。どうやってこの実力の嬢ちゃんをどうこうするっていうんだ」

頭を抱《かか》えたバンブの中でキャロの評価がうなぎ上りになり、反対にアタルの評価が下がっていた。

「まだ、やりますか？」

キャロが再度笑顔のまま尋ねると、まだ意識のある男たちは数歩後ずさる。

逃《に》げようとする者を追うつもりがないキャロは、その様子を見て拳を下ろした。

次の瞬間《しゅんかん》、最初に気絶していたはずの犬獣人の男が勢いよく起き上がり、武装解除したキャロに向かってナイフを振《ふ》り下《お》ろそうとする。

先ほどまでとは違う一撃、全力であり、寸前まで気配を消した攻撃《こうげき》。

油断がなければキャロとも多少はやりあえていたかもしれない犬獣人の男。

彼のナイフは真っすぐキャロの肩のあたりに振り下ろされる。

「きゃっ！」

それに気づいて思わず悲鳴をあげるキャロ。

犬獣人の男だけでなく、逃げようとしていた男たちもリーダーの動きに気づいて、再び攻撃に転じようとする。

しかし、犬獣人の男の手からナイフが何かによって弾《はじ》き飛《と》ばされた。

それを確認《かくにん》したキャロが素早《すばや》く立ち回り、男の顎を狙《ねら》って、再び意識を刈り取る。

攻撃に転じた男たちもそのままの勢いであっという間に倒され、かろうじて数人残った者たちは怯《おび》えたように必死の形相で散り散りに逃げていった。

「ふう、なんとか片づきましたね。それにしてもナイフを落とすなんて、最初の攻撃のダメージが残っていたりでしょうか……」

可愛《かわい》らしい悲鳴を上げたとは思えないほどあっさりとしたキャロは首を傾《かし》げながら倒れた男たちを見ていたが、バンブはその様子を見て呆れていた。

「これは護衛なんていらなかったんじゃないか？」

『ガウッ！』

その通りだと、バルキアスが返事をしたようにバンブには聞こえたが、実際のところはすごいだろ！　と自慢している。

「バンブさん、これで通れるようになりましたっ！　早速《さっそく》その情報通の方に会いに行きましょうっ！」

くるりと振り返ったキャロは何事もなかったかのようにいつもの柔らかい笑顔を見せたため、バンブは苦笑しながらこの道を進むことにした。

キャロたちの前に姿を現した男たち以外にも、隠《かく》れて様子を窺《うかが》っていた者がいたが、キャロの圧倒的な強さを目の当たりにしたため、みな触《ふ》れないほうがいいと決め込んでそそくさと姿を消していった。

「……隠れていた気配も消えましたね」

もちろんそれはキャロにもわかっており、ホッとしている。

「――嬢ちゃん、化け物か」

無骨な表情のまま中傷とも賛辞ともとれるような言葉をかけるバンブにキャロは苦笑だけ返して、真っすぐ道を進んでいく。

バンブは案内役であることを思い出すと、慌ててキャロのあとを追いかけていく。

バルキアスとイフリアは既にキャロの隣《となり》を歩いていた。

「それで、その物知りお爺《じい》さんはどのあたりにいるんですか？」

「あぁ、この道を抜けた先を右に曲がると、ここらにしたら結構しっかりした家がある」

バンブの案内に従って進んでいくと、話のとおり一般的《いっぱんてき》な家と比較《ひかく》しても遜色《そんしょく》のない建物がそこにあった。

この少し廃《すた》れた雰囲気の漂《ただよ》う街並みで一線を画す雰囲気だった。

「とりあえず俺《おれ》のほうで話をするから、嬢ちゃんは話をふられるまで口を開かないで待っていてくれ」

家に入る前にバンブが声をかけてきたため、慣れた彼に任せようとキャロは無言で頷く。

この時点から口を開かないという指示を遂行《すいこう》していた。

ゴンゴンと、力強いノックをしてから豪快《ごうかい》に扉を開けるバンブ。

「おう、ファムじい入るぞ」

「ノックをしてから入るまでが早すぎるんじゃ！　まーったくお前さんは何度注意しても変わらんのう……それに、今日はお前さんには似つかわしくない連れがいるようじゃな」

呆れたようにため息を吐《つ》いたファムじいは、視線をバンブから後ろにずらし、見定めるような眼差《まなざ》しで白く太い眉《まゆ》をあげてキャロたちのことを見ている。

種族はドワーフで、その中にあっても小柄《こがら》。

甚平《じんべい》のような簡素な服に身を包み、杖《つえ》を手にしているが腰《こし》は曲がっていない。

たっぷりの白髪《しらが》で眉毛に目が隠れているようにも見える。

「おう、今日はこの嬢ちゃんの話を聞いて欲《ほ》しくて連れてきたんだ」

「ふむ、ウサギの獣人の嬢ちゃんに、そっちはフェ……狼の魔物《まもの》に子竜《こりゅう》かね」

一人一人を丁寧《ていねい》に見ていきながらのファムじいの言葉に、キャロは内心ドキッとする。

（おじいさん、バル君の正体をわかっていいます……多分イフリアさんのほうも……）

見た目は優しそうなお爺さん、といった印象だったが、情報通の名に恥《は》じぬ知識と目を持っているようであり、キャロは油断できないなと気を引き締める。

「ほっほっほ、そんなに硬《かた》くならんでええよ。わしはちょっと色々知っているだけじゃからな。他言するつもりもない」

のんびりと笑うファムじいにそう言われて、キャロも少しだけ肩の力を抜《ぬ》く。

「それより、自己紹介《しょうかい》でもしようかね。わしはファムといって、物知りなどと言われておる。見てのとおりドワーフじゃ。よろしくな」

座ったままだったが、自己紹介を始めるファムに対してキャロも慌てて姿勢を正す。

「すみません、私はキャロと言います。おっしゃるとおりウサギの獣人です。こっちが狼のバルキアス君に、子竜のイフリアさんです。よろしくお願いします」

そう言ってぺこりと頭を下げるキャロ、バルキアス、イフリア。

「ほっほっほ、丁寧なあいさつありがとう。それで、キャロさんは何を聞きたいんじゃ？」

ここまでの態度を見てキャロの心根の良さを感じ取ったファムじいは、疑問に答えてやろうと思っていた。

「待て待て。ファムじい、なにか企《たくら》んでないか？　あんたがそんな簡単に嬢ちゃんの質問に答えるなんて俺がいない間に何かあったとしか……」

どうやら普段《ふだん》はこんな穏やかではないようで、今日のファムじいの態度に、バンブは訝《いぶか》しげな表情で彼のことを見ている。

「俺が知っているファムじいは、情報は正確だが、利益になる場合にしか情報を提供することはない。もしくは相手の力を認めた場合、の、み――おい、もしかして！」

ファムじいについて話している間に、バンブは何かに思い当たっていた。

「ほっほっほ、なんのことじゃ？」

今頃《いまごろ》気づいたのか？　とバンブを少し馬鹿にするような表情でファムじいは好々爺《こうこうや》を演じる。

「はあ、だったら納得《なっとく》だ……嬢ちゃん、好きなように質問するといい。きっと答えてくれるはずだ」

頭を押《お》さえながらため息を吐いたバンブにそう言われても、なんのことかわからないキャロは首を何度も傾げている。

「ほっほっほ、説明はあとにしてキャロさんの質問にお答えしよう。なんでも聞いとくれ。といっても知っていることは限られておるがな」

「……わかりました。あの、すごくあやふやな質問なんですけど、私の両親を知りませんか？　――小さい頃に住んでいた村が襲《おそ》われて、そのとき私は攫《さら》われて生き別れになってしまったんです」

ポツポツと話し始めるキャロにファムじいとバンブが黙《だま》って耳を傾《かたむ》ける。

「私は色々な場所を転々として、途中《とちゅう》大きな怪我《けが》を負ってしまったので奴隷《どれい》商に売られることになりました。ただ、一緒にいた方が色々勉強を教えてくれたので、それだけが唯一《ゆいいつ》の楽しみでした」

キャロは過去の辛《つら》い経験を思い出しながら話していく。

少し辛そうなキャロに寄《よ》り添《そ》うようにバルキアスがピッタリとくっついていた。

「今の主人であるアタル様に買ってもらってからは幸せな生活をおくれています。そんなアタル様が両親を一緒に捜《さが》してくれているんです。私の両親は村が襲われた時にどこかに逃げ延《の》びたのではないかと思って、その情報を集めているんです」

一瞬《いっしゅん》だけバルキアスにか弱い笑みを見せたキャロは、そこまで話したところで悲しそうな表情でファムじいの顔を見つめる。

「……ふう、なるほどな。なかなかキャロさんも壮絶《そうぜつ》な経験を送ってきたようだ。それで質問の答えの前に質問がある。村を襲われたのは何年前のことだね？」

キャロの話を噛みしめるように何度か頷いたファムじいは情報にたどり着くために、質問をする。

「えっと記憶《きおく》にあるかないかくらいのころなので、多分十年かそれくらい前だと思います……」

キャロはなんとかか細い記憶を思い出しながら話していく。

「ふむ、なるほど……となると十年前後の昔、ここに流れ着いたウサギの獣人《じゅうじん》がいたかどうかということになるか。ちょっと待て、記憶を呼び起こす」

静かに目を閉じたファムじいは額に指をあてて記憶を呼び起こしていく。

時間にして数分後、ファムじいはカッと大きく目を見開いた。

「ここにウサギの獣人の夫婦《ふうふ》が流れ着いたのが九年ほど前の話だ。二人とも戦う力を持っていたが、友を、仲間を、家族を守れなかったと言っていた。おそらくキャロさんが言う村が襲われたことを指しているんだろうのう」

記憶がピタリと蘇《よみがえ》ったため、ファムじいは懐《なつ》かしそうに語る。

「き、きっとそうです！　その人たちが私の……！」

感情が高ぶったキャロが勢いよく身を乗り出すと、ファムじいは右手を前に出してキャロの動きを制止する。

「まあ、落ち着くんじゃ。確かに二人はここに流れ着いた。心も身体《からだ》も傷ついていたが、同じような境遇《きょうぐう》の者がここには大勢おるからな。その者たちと支えあって、やがて身体のほうは癒《い》えていった。ただ一人娘《むすめ》を失った悲しみはなんともならんかったようじゃがな……」

彼《かれ》らの悲しみを表すように静かにファムじいが語る『娘』という言葉からも、その二人がキャロの両親である可能性が高い。

「――じゃが、二人は五年ほど前にここを発《た》った。どこに行ったかはわからんが、船で出発したのだけは覚えておるよ。今はどこでなにをしているのかわからんが、少しでも覚えていることをキャロさんにお話ししよう」

そう言うと、穏やかに笑ったファムじいはここにいたその二人のことを話し、キャロは胸を押さえながら噛みしめるようにそれを聞いていた。

ひと通りの話を聞き終える頃《ころ》には、日も落ちて薄暗い夕方になっていた。

「まあこんなもんじゃろ。暗くなってからではここから帰るのも大変じゃ。そろそろ帰ったほうがええ」

そして、ファムじいの一言でこの場は解散となる。

「ありがとうございました。色々なお話を聞けてとても嬉《うれ》しかったですっ」

はじけるような笑顔で言ったキャロは両親の話を聞けたことをとても嬉しく思い、自分の胸に手を当て、大事にしまっていた。

しかし、キャロにとっては興味深い話だったが、バンブ、バルキアス、イフリアの三人は長い話に、いつの間にか眠《ねむ》りについてしまっていた。

「ふむ……キャロさん、少し大きな音を出すぞい」

ニタリと笑ったファムじいの言葉に、キャロは耳を押さえて静かに頷く。

「くあああああああっ！」

三人の方へ近づき、大きく口を開いたファムじいはびりびりと空気が震《ふる》えるほどの大きな声を三人に向かって放った。その声は外にまで響《ひび》いている。

近くの家の住人たちも何事かと慌《あわ》てて外に飛び出してくる。

それを三人は耳元で聞いていた。

「な、なんだ⁉」

『キャンキャヤウン！』

『ガルル』

異常事態に三人は飛び起きて、戦闘《せんとう》態勢に入る。

この状況にあってもバルキアスとイフリアが人間の言葉を話さなかったのはさすがというほかない。

「うふふっ、みんな大丈夫《だいじょうぶ》です。今のはファムさんが大きな声を出しただけですから。安心して下さいっ」

柔らかな笑顔のキャロの言葉を聞いて、状況を把握《はあく》し始める三人。

「まったく揃《そろ》って居眠《いねむ》りをしおって……まあええ、話は終わった。そろそろ暗くなるからちゃんとキャロさんを送るんじゃぞ！」

キャロ一人でいかせるのが危険であるためについてきた三人だったが、それを忘れて眠ってしまっていたため、バツの悪そうな表情になっている。

「ふふっ、大丈夫ですよ。ファムさんから興味深いお話を聞けましたし、何も問題はおこりませんでしたから」

口元に手を当てて微笑《ほほえ》むキャロがバンブたちをフォローすると、ファムじいもそれ以上の追及《ついきゅう》はするつもりもないようで元の位置に戻《もど》って行った。

「まだ耳がキンキンするが……終わったならそろそろ戻るとしようか。ここはあまり夜遅《よるおそ》くまでいるような場所じゃないからな」

窓の外から見た空が茜色《あかねいろ》に染まっているのを見て、バンブの表情が引き締まる。

その表情からも、ここは夜になると危険な場所となるということが伝わる。

「うむ、さっさと帰るといい。キャロさんも、こんな場所には二度と来ないほうがええ」

キャロの強さをわかっていたが、それでもファムじいは心配して言葉をかける。

「……そういえば、どうして私の話を聞いてくれる気になったんですか？」

ふと、ここにやってきたときのファムじいとバンブの会話を思い出す。

あのとき、バンブは何かに気づいていた様子だった。

「バンブさんはわかっているんですよね？」

そう振られて、答えるべきかどうか悩《なや》んだバンブはチラリとファムじいを確認する。

静かに目を閉じたファムじいは無言で頷いた。

「はあ……わかったよ。俺たちがここに来る時に男たちに絡まれただろ？　嬢ちゃんがあっさりと倒したが、あいつらはファムじいが差し向けたやつらだったんだ」

それを聞いたキャロは驚いた表情でファムじいを見る。

「ほっほっほ、悪いとは思ったんじゃがな。バンブが女の子を連れてこちらにやってきたという情報はすぐにわしのもとに届いたんじゃ。嬢ちゃんには目的があってここまで来たということもな」

全てがばれても片目を開けたファムじいは笑顔のままで話している。

「悪いと思ったんじゃが、あやつらに負ける程度の力の持ち主にわしの情報は荷が重いからのう。しかし、ふたを開けてみれば、あやつらのほうがあっさりと負けてしまった。ならば話を聞こう、そう思ったんじゃよ」

好々爺然としながらも、実のところは色々と裏で動いていた。

「な？　こういうやつなんだ。もし嬢ちゃんがじいさんのことをいい人だなんて思っていたら考えを改めたほうがいいぞ」

やれやれと肩《かた》を竦《すく》めたバンブは呆れた様子で肩を竦めながら言う。

「ふふっ、でもやっぱりファムさんは良い方ですよ。私の両親の話を色々としてくれましたし、今後の指針も示してくれましたから」

試《ため》されていたことを知ってもなお、キャロはファムじいがくれた情報とアドバイスに感謝の気持ちを抱《いだ》いていた。

「へー、このじいさんがねえ。まあいいか。嬢ちゃんに必要な情報が手に入ったならそれでいいさ。それよりも、暗くなってきたからさっさと戻るぞ！」

ファムじいのことを良い方と評価するキャロを訝しむが、バンブはそれよりも早く戻ったほうがいいと判断して家を出た。

「うむ、そうじゃな。ささっと帰ったはうがええ。夜間はこっちに住んでいる者も外出はせんからな。ほら、帰った帰った！」

「わかりました、ありがとうございましたっ！」

追い出すような口調のファムじいに、キャロは礼を言うとすぐに外に飛び出した。

茜色の空は徐々《じょじょ》に、宵闇《よいやみ》に包まれていた。

「まずいな。さっさと行くぞ！」

宵闇と共に迫《せま》る暗い雰囲気を感じ取ったバンブはそう言って走り出す。

キャロたちも遅《おく》れないように、慌ててそれについていく。

ファムじいの家は獣人街でも奥のほうにあるため、例の関所に到着《とうちゃく》するまでにはだいぶ距離《きょり》があった。

そのため、あっという間に夕日は沈《しず》み、あたりは完全に闇に包まれる。

ここらへんには街灯もないため、頼《たよ》りになるのは月と星の光だけである。

「――ちっ！　こいつは、まずい！」

これから起こるかもしれない危険に対して、バンブの顔に焦《あせ》りの色が浮《う》かんでいた。

「バンブさん、なんでそんなに慌てているんですか？　灯《あか》りなら魔《ま》法《ほう》で火を出すこともできますし、ゆっくり戻っても良いのでは？」

大人しくついていくキャロは走りながらも一切《いっさい》息を乱さず、落ち着いた様子でバンブに声をかける。

「あぁ、そうしたいのはやまやまなんだがな……くそっ、遅《おそ》かったか」

何かを諦めたようにゆっくりとバンブの走る速度は遅くなり、やがて足を止めた。

バンブが何かを睨《にら》みつけている様子であるため、キャロも同じ方向に目をこらす。

「……赤い――あれは目、ですか？」

暗闇《くらやみ》の中に赤く光る何かそれが二つ浮いているように見える。

「あぁ、あいつはそのままレッドアイと言ってな。こちら側の、シリアルキラーだ」

シリアルキラー――連続殺人犯レッドアイ。

やつの存在がこちらに住む人々の夜間の外出をためらわせる最大の理由だった。

「どういうわけか、あいつはこの暗闇でも昼間と同じように動けるようなんだ。あいつには俺やファムじいの知人も何人か殺されている……強いぞ！」

出会いたくなかった人物と遭遇《そうぐう》してしまったことでギリッとこぶしを握《にぎ》るバンブの言葉に反応したかのように、怪《あや》しくゆらりと赤い目が動いた。

「シャアアアアア！」

まるで爬虫類《はちゅうるい》のような声を出して、レッドアイがぬらりと宵闇を縫《ぬ》うように迫ってくるのを感じる。

目の赤による動きの予想だが、確実にキャロたちを狙っていた。

キャロは相手が動く音を聞いて居場所を探りながら攻撃するが、その様子は相手からは丸見えであり、するりと避《よ》けられてしまう。

音だけを頼りに回避《かいひ》するキャロに対して、相手の攻撃精度は徐々に上がっている。

『ガアアアア！』

そこでイフリアが一番前に出て、ブレスをレッドアイに向かって放つ。

火によって数秒明るく照らされ、その姿があらわになった。

「ちっ、真っ黒かよ！」

バンブが思わず舌打ちしてしまうほどに、レッドアイは真っ黒だった。

これでは、火が消えればすぐに見えなくなってしまう。

暗闇の中にあって、目以外が覆《おお》われた黒い頭巾《ずきん》。

上下衣ともに黒で、夜の闇に溶《と》け込んでいた。

「大丈夫です！」

キャロは火の矢の魔法を近くに落ちている木材に向かって放つ。

十本の矢があたりを煌々《こうこう》と照らしていく。

『ガウ！』

それに合わせてバルキアスがレッドアイの身体に突進《とっしん》した。

しかし、レッドアイはジャンプしてバルキアスの背中に手をついて飛び越《こ》える。

『グワアアアア！』

そこへイフリアが噛みつこうとする。

しかし、レッドアイが空中で身体をひねってそれすらも回避した。

「速い！　でも！」

キャロも動きの速さには自信があるため、両手に剣《けん》を持ってレッドアイに向かっていく。

狙いはレッドアイが着地する瞬間。

「やあああああ！」

キャロが剣を横薙《な》ぎにふるうが、レッドアイはおおよそ人ではありえないほど器用に身体をぐにゃりと倒してそれを避ける。

そして、体を起こしたレッドアイはその勢いのまま手にした小刀でキャロに斬《き》りかかる。

だが、キャロもそれを許さず反対の剣でレッドアイの攻撃を防ぐ。

それを見越《みこ》していたのか、レッドアイはそのままぐにゃりと曲げた身体を急速に戻し、しならせるようにしてキャロの腹部へと蹴《け》りを放ってきた。

「体術まで⁉」

驚《おどろ》くキャロだったが、後方に飛んで距離をとることでなんとか攻撃を避けることに成功する。

「――やるな」

ボソリと呟いたレッドアイの声は、しゃがれたガラガラ声であり、男性なのか女性なのかも判別が難しい。

まるで日本の忍者《にんじゃ》のような服装をしており、真っ黒なその服は体のラインを隠すように作られているせいで体形がわからないようになっている。

「この火、邪魔だ……」

レッドアイはその場で素早く回転して風を巻き起こすと、キャロが魔法で生み出した火をあっという間に消していく。

「くっ、あなたの目的は一体なんですか？」

武器を構えながらキャロは努めて冷静な口調でレッドアイに問いかける。

「そうだ、俺たちはこれからあちらに帰るところなんだ。お前に襲われるいわれはないぞ！」

バンブも剣を構えながらレッドアイに向かって言い放つ。

「関係ない、今が夜で、お前たちがここにいる。それが全てだ」

淡々《たんたん》と冷たく言い放ったレッドアイは誰が相手であるかは関係ない。

ただ出くわしたのが悪いとでも言っていた。

「なるほど、それではこちらも本気で相手をしないといけませんね。バンブさん、下がっていて下さい」

キャロはそう言うと一呼吸し、一歩一歩ゆっくりとレッドアイへと近づいていく。

「お、おい、嬢《じょう》ちゃん！　危ないぞ！」

バンブは昼間、そして先ほどの攻防《こうぼう》でキャロの実力の高さを理解している。

それでも、少女を殺人鬼《さつじんき》と戦わせるわけにはいかないと考え、焦りから声をかけた。

「バンブさん、ありがとうございます。ですが……このままでは全滅《ぜんめつ》してしまいますっ！」

剣を構えて走り出すキャロ。

その動きに合わせてバルキアスとイフリアも攻撃行動に移っていた。

キャロは足に魔力《まりょく》を込めて、地面を蹴り飛ばして勢いをつける。

声は出さず、呼吸を止めて、一気に距離を詰《つ》め、そして左右の剣でタイミングをずらした攻撃を放つ。

それにもレッドアイは対応しようと、武器で防ごうとする。

「なにっ⁉」

しかし、レッドアイの武器はアタルの弾丸《だんがん》によって弾き飛ばされた。

実は少し前に遭遇した犬獣人の武器を弾き飛ばしたのもアタルであり、今回もアタルはキャロにチャンスを与《あた》えるべく弾丸を放っていた。

『――いけ、キャロ』

キャロのことを一人で行かせることにずっと思うところがあったアタルは獣人街からはかなり離《はな》れた位置で、魔眼《まがん》とスコープを活用してずっとキャロのことを見守っていた。

武器を弾き飛ばした瞬間生まれた火花。

その一瞬がキャロにチャンスを生み出す。

「そこです！」

レッドアイに致命打《ちめいだ》を与えることはできなかったが、それでもキャロの剣の先端《せんたん》が頭巾の一部にひっかかり、その勢いで引《ひ》き裂《さ》いていく。

（あの動きでもかすらせるだけなんて……）

キャロは当てるつもりで攻撃をしていたにもかかわらず、それを避けられたことはショックだった。

反対にレッドアイはこれまで攻撃をかすらせることなく、多くの人間を殺している。

それゆえに頭巾が斬られ、顔があらわになったことはレッドアイに強い動揺をもたらす。

「見たな……！」

体勢を崩したレッドアイはちょうど差し込んだ月の光に照らされる。

頭巾の下にあったのは、女性の猫獣人《ねこじゅうじん》の顔だった。

しかし、頬《ほお》のあたりと頭部のあたりに大きな火傷《やけど》のあとがある。

「その顔は……!?」

キャロは昔の自分を思い出していた。

アタルと出会わなければ、治らない怪我を負っていた、そんなあの頃のことを。

「あなたは、どこかで……」

更《さら》に、その顔になんとなく見覚えがあり、その思考がキャロの追撃《ついげき》を止めた。

「……次は殺す」

火傷を、顔を見られてしまったレッドアイは残った布をかき寄せて顔を隠し、吐き捨《す》てるように物騒《ぶっそう》な言葉を残して、闇の中に消えていった。

「あっ、待って……行ってしまいました」

「お、おい嬢ちゃん！　無事か？」

レッドアイがいなくなったのを確認したバンブが慌ててキャロのもとへとやってくる。

「はい、ご心配おかけしました。でも、うん、大丈夫です。逃がしてしまいましたが……」

硬《かた》い表情のキャロはレッドアイが消えていった暗闇をじっと見つめている。

「おいおい、別にあいつを倒すのも、捕《つか》まえるのも目的じゃないだろ？　今は全員が無事だったことを喜ぶべきだ。それと、さっさとギルドに帰ろう。こんな場所にいつまでもともっているもんじゃないぞ！」

キャロの護衛を任された身とあって、彼女を危険に晒《さら》してしまったことはバンブにとって、喜ばしくない事実である。

だからこそ、ここから先は絶対に無事に連れて帰る——そんな使命感を胸に抱いていた。

「わかりました。帰りましょう」

バルキアスとイフリアもキャロの近くにやってきており、その宣言を聞いてキャロを守るようにすぐ後方につく。

「あぁ、俺が先頭だったな。戻るぞ」

そこからは誰かと出くわすこともなく、無事関所まで到着することとなった。

「こんな遅くまでいたのか。危ないから次に来るときは明るいうちに帰ったほうがいいぞ」

やれやれといった様子の衛兵の言葉に、全員が『まったくだ』と思っていた。

こちら側に出てしまえば街灯があるため、暗がりから奇襲《きしゅう》を受けるということもなく、安全にギルドへと戻ることができた。

ギルドに戻ったキャロたちを待っていたのは、もちろんアタルとセーラである。

「アタル様、セーラさん、無事行ってきましたっ！」

笑顔のキャロが報告するが、その隣でバンブがげんなりした表情になっている。

「おい、お前が過保護にしているからどんな嬢ちゃんかと思ったが、とんでもない子じゃないか。一人でどんどん倒していくから、護衛なんていらなかったぞ」

実力を知らなかったバンブだからこそ、彼女の実力の高さには余計に驚きを覚えており、これだけの力があるなら事前に教えて欲しかったとも思っていた。

「まあ、念のためってことだ。それとあんたの今回の役目は護衛よりも、案内役の色が強かっただろう」

これはアタルの言う通りで、ファムじいを知っている彼だからこそ案内に適任だった。

「それはそうなんだが……なんにせよ、無事に送り届けたから俺はお役御免《ごめん》だ。それじゃ、店に戻るぞ、明日の仕込みをしないとだ」

ため息交じりにがっくりと力を抜くバンブ。

肩の荷が下りた彼は、軽く首を回しながら部屋を出て行こうとする。

「ありがとうございましたっ！」

キャロが礼を言うと、背を向けたまま軽く手をあげることで返事とした。

「お礼はあとでお支払《しはら》いしますからねえ」

今度はセーラが声をかけ、バンブは振り返《かえ》って一度頷《うなず》いて部屋から出て行った。

「……それで、色々わかったんだろうが、他に気になることがあったんだろ？」

「えっ？　な、なんでわかるんですかっ？　そうなんです。帰《かえ》り際《ぎわ》に猫《ねこ》の獣人女性の方に闇討《やみう》ちされてしまいまして……でも、どこかで見たことがあるような顔立ちで……」

帰りの道中でも考えていたが、火傷の印象が強く、誰《だれ》に似ていたのか結局わからずじまいだった。

「ふむ……」

キャロの話を受けて、アタルはしばし考え込む。

スコープ越《ご》しではあるが、アタルもレッドアイの顔を見ており、言われてみるとどこかで見たことのある顔立ちだったのを思い出す。

「――エミリア」

ふとアタルの口をついて出たのは、キャロの故郷で会った隣人《りんじん》の女性の名前だった。

「っ！　そうですっ、エミリアさんに似ていましたっ！」

「だが、エミリアには子どもがいないと言っていた。本当にそいつの正体がエミリアと関係があるのかは判断がつかないな……」

　答えが分かったことに喜んだキャロだったが、アタルの言葉を真剣《しんけん》に受け止める。

「そう、ですね。不確定な情報ですし、ただ似ているだけでは他人の空似ということもあります……いつか、エミリアさんに心当たりがないか聞いてみたいと思いますっ」

　そのあとは、深夜遅くなるまでギルドマスタールームにて、キャロの両親に関する情報を精査することとなった……。

　その情報は、アタルたちの新たなる旅立ちへと繋《つな》がっていく……。

あとがき

『魔眼と弾丸を使って異世界をぶち抜く！　９巻』を手に取り、お読み頂き、誠にありがとうございます。

今回は水着回ということで、文章だけでなく見た目でもより一層お楽しみいただけると思います。

コミックの第１巻も発売中　＆　好評なようで再重版もしました！

書籍版ともどもよろしくお願いします。

こちらも毎度毎度書いていることですが、恐らく今回も帯裏に十巻発売の予定が――書いてあるといいなあ……と思いながらあとがきを書いています。

最後に、今巻でも素晴らしいイラストを描いて頂いた赤井てらさんにはとても感謝しています。その他、編集・出版・流通・販売に関わって頂いた多くの関係者のみなさん、またお読みいただいた皆さまにも感謝の念に堪えません。

HJ NOVELS
HJN31-09

魔眼と弾丸を使って異世界をぶち抜く！　9

2020年11月21日　初版発行

著者——かたなかじ

発行者—松下大介
発行所—株式会社ホビージャパン
〒151-0053
東京都渋谷区代々木2-15-8
電話　03(5304)7604（編集）
03(5304)9112（営業）

印刷所——大日本印刷株式会社

装丁——木村デザイン・ラボ／株式会社エストール

定価はカバーに明記してあります。

Printed in Japan

ISBN978-4-7986-2349-8　C0076

ファンレター、作品のご感想お待ちしております
〒151－0053　東京都渋谷区代々木2－15－8
(株)ホビージャパン HJノベルス編集部 気付
かたなかじ 先生／赤井てら 先生